貸本屋《かしほんや》七本三八《ななもとみや》の
譚《はなし》めぐり

茶柱まちこ Machiko Chabashira

アルファポリス文庫

JN090214

https://www.alphapolis.co.jp/

目次

四月『菜種梅雨《なたねづゆ》』

一

この世界において、『本』は人類史上最も偉大な発明品である。

『本』は人類に最も近い位置から人類発展を支えてきた物質であり、『本』の発達度合いこそがその国の文明の指標と言っても過言ではない。

人間にとって『本』とは、文明発達において欠くことのできない道具であり、『本』を紡ぐ作家たちは文化の最先端を担《にな》う存在とも言えよう。

特に、大陽本帝国《おおひのもとていこく》という国の人々は、病的に『本』を神聖視している。

この国の人々が『本』に向ける眼差《まなざ》しは、さながら熱心な宗教人のそれである。


【とある国の世界見聞録より一部抜粋】

＊

「恋の病に効く本？」

いかにも大仰に『貸本』と書かれた看板を背にして、店主の中年の男は眼前の客の要望に片方の眉を下げて当惑していた。

「精神病の治療を取り扱った術本《じゅつほん》なら、あるにはあるが」

店主は振り返り、背後の本棚へ視線を移す。店主の身長の二倍はあろうかという高さの本棚には、読み手を求める本たちが我も我もとひしめき合っていた。しかし、店主は渋い顔のままに視線を戻すと、禿《は》げた頭をひと掻《か》きする。

「あれは医者でないとまともに扱えん代物《しろもの》だぞ。お前みたいな頬《ほお》の赤い若人《わこうど》に扱えるもんか」

「そうじゃないんだ」

対して、まるで飼い主を求める子犬のような目を向けるその若人は、店主の言葉に首を横に振った。

「術本じゃなくて譚本《はなしほん》が欲しいんだ。なんかこう、心に訴えかけてくるような、医学的に治すやつじゃなくてさ」

若人の返答を聞いた店主は、ますます困り果てた顔をする。若人の要求は店主にとって手に負えないばかりか、このご時世ではおそらく、同業の誰もがお手上げだと言うであろうものだ。店主は、若人の子犬のような目に同情はしつつも、無理難題をふっかけられては振り切らぬわけにはいかなかった。

「譚本なんてうちにはないよ。譚本を借りに来る客なんてめっきりいなくなったからな」

「そんな！」

若人は過度ともいえる落胆ぶりを見せた。そして今度は店主の袖を掴み、それこそ一本の藁《わら》にも縋《すが》るような、いや、勢い余ってその藁を引きちぎるような力強さで、店主の体をぐわんぐわんと揺さぶった。

「頼むよ、旦那！　この店はここいらで一番大きな本屋だろう？　今すぐにでも欲しいくらいなんだ。ないならツテだけでも教えてくれよ！」

臓物全てをがくがく揺さぶらんばかりの若人の勢いは、もはや店主の抵抗どころか返答も許さない強さだ。店主はそれでも体勢を立て直そうと、無理やり若人を引き離す。

「無理だよ。世間様が術本を欲しがる以上、譚本を取り扱ったところで利益は零《ゼロ》どころか大赤字なんだ。実際、俺の同業者もそのせいで何人か店を畳んでる。うちも最初は頑張《がんば》っていたけど、術本中心の展開に舵《かじ》を切らざるを得なかったんだよ」

現在、大陽本帝国は外国との競争が激化していた。都が藤京《とうきょう》ではなく、まだ江都《えど》と呼ばれていた時代に鎖国を解いたこの帝国は、大昌《たいしょう》時代の今、外国からの脅威に対抗すべく、産業、医療、文化の発展を急がれていた。そう、文明の発展とはすなわち、『本』の発展である。特に人々は、技術や知識を多量に含んだ『術本』を急激に求めるようになった。

しかしその一方で――人の想い、思想、経験、空想を核とした小説や詩歌の類《たぐ》いである『譚本』は人々の手から離れつつあったのである。

「さっきも言ったけど、譚本を借りに来る客なんていない。客の取れない代物を扱ってちゃ、俺たち貸本屋も食っていけないんだ。悪いが諦めた方がいいぞ」

「そんなあ」

若人はまたしても、過度に落胆した。店主を揺さぶったりするような、飛びついて拝み倒すような強引な落胆ではなく、尻尾《しっぽ》を垂れるような、植物が萎《しお》れうつむくような落胆である。

再度「悪いな、本当に」と背を向ける店主を、若人が追うことはなかった。

本当のところ、縋りつくまでもなく、少々世間知らずなこの若人もとうに知っていたのだ。今は『術本』こそが必要とされる時代であり、『譚本』は少なくとも庶民のものではなくなっていたことを。

医学や工学などの知識や技術が含まれた『術本』は、綴《つづ》られた内容を解き明かし、修得することができれば、そのまま道具として用いることができる。

たとえば、ある医者の前に、ある病を患《わずら》った患者がいたとしよう。医者は自身が読み解いた本を使うだけで、患者を治療することができる。もはや、医術というよりは奇跡と呼んだ方がしっくりくるだろうか（勿論《もちろん》、患者の病態の程度にもよるのだが）。

つまり、『術本』がそのまま治療、あるいは薬になるのである。

今、とぼとぼとどうしようもなく歩いている若人の視界の、その遥《はる》か向こう側を走る電車もそうだ。蒸気機関車に代わって電車が恐るべき早さで全国に普及したのも、『術本』がもたらした大きな恩恵の一つである。技術者たちが『術本』を正しく読み解いたからこそ、驚異的な速度の技術発展が達成されたのだ。

大昌時代の急成長は間違いなく、最先端の知識を仕入れた『術本』たちのおかげと言って差し支《つか》えない。

――ところがその一方で、人の感情、記憶、空想をもとに紡がれた『譚本』の衰退ぶりは目も当てられない。

『譚本』での読み解きとは、あらゆる角度から物語を見つめ解釈することを言うが、それによって得られるのは刻まれた物語の擬似体験だ。文字を介して、人々は『譚本』に刻まれた空想や記憶の世界を覗《のぞ》くことができる。

治療を施す、モノを作る、などといった目に見える効果を発揮する『術本』と違い、『譚本』がもたらす効果は目に見えにくい。形にも残らない、虚しい代物だ。忙しなく急成長する社会で『譚本』を嗜《たしな》み、味わい、癒《いや》されたり、毒されたりする人間は、よほどの暇人かぐうたら者である。勤勉すぎるほど勤勉な大陽本の民はそれらの人間を良しとしないし、『譚本』を読みふける暇があるなら『術本』を読み解くよう勉《つと》めろと言われるのがオチだ。人々の目は『術本』にばかり向けられ、『譚本』にはちっとも見向きもしない。

生まれてこのかた己の拳を磨くことにばかり精を出していた若人には、『術本』の価値も『譚本』の価値もよく知らない。だが、そんな若人のような者でも人づてに噂を聞けるほど『譚本』の廃《すた》れようは惨《みじ》めであった。

（この店が最後の頼みの綱《つな》だったんだけどなあ）

結果を知っていたとはいえ、実際そうだと分かってしまうと、想像よりも遥かに応《こた》えるものがある。もはや打つ手なしか、いやまだ打つ手はあるのかも、と若人は迷い犬のようにぐるぐる思考する。それが幸いしたのか、災いしたのか――若人はどすん、と何かにぶつかった。

「いて」

実のところは大して痛くもないのだが、若人はぶつかったそれと反射的に距離を取り、相手を見て驚いた。

「おい、下を向いて歩いては危ないだろう」

それは人だった。

眼鏡をかけ、黒地に若竹色の線を引いた外套《がいとう》を羽織《はお》った、威厳のある、壁のような男だった。

「す、すみません！」

若人は慌てて頭を下げる。世の中を深くは知らないが、その外套と帽子についた紋を見れば、男が社会的にどんな立場にいるかは瞬時に理解できた。

そして、先ほどの店主に対するものよりは失礼のない程度に抑えつつ、子犬のように縋るのだった。

「あの、司書さんですよね。お役人の」

「ああ、そうだが」

「一つお尋ねしてもいいですか？　実は恋の病に効く譚本を探しているんですけども」

お尋ねしてもいいですか、とのたまっておきながら、答える間も与えずに自分の要求を述べる若人。司書によっては危うく「無礼者」と一蹴され、不快がられるところである。

「恋の病に効く譚本？」

男はきらりと光る眼鏡の奥で、すでに十分鋭い目をさらに細める。少し気弱な者であれば肝が縮み上がりそうな眼光だが、若人は怯《おび》える様子など微塵《みじん》も見せない。そんなことよりも、自身の悩みのほうがよほど大きい問題なのだ。

「どこへ訪ねても、みんな譚本さえ置いてないって言うんです。本当に、今すぐにでも欲しいんです」

「恋の病、か。ふむ」

司書の男は一秒間ほど考える素振りを見せると、

「当てがないこともない」

と返答した。

「本当ですか⁉　それはどこに⁉」

ようやく希望が見えた若人は、つぶらでいたいけな目を輝かせるが、司書の男は僅《わず》かばかりその先を躊躇《ためら》っているようだった。

「その恋の病とやらをなんとかする手段を求めている、ということなら、譚本を貸している知人の店をひとつ紹介できる。ただ……」

　言葉を濁《にご》す男の表情は、若人の先行きを憂慮するような渋いものであった。だが、希望を見いだしていた当の本人は、

「なんでもいいんです。この恋の病を断ち切れるなら」

　と、ぐいぐい迫る。

「分かった、分かった。そこまで言うなら教える。少し離れろ」

　距離感がやたら近い若人の肩を押し返すと、男は懐《ふところ》から手帳を取り出し、続きの情報を与えた。

「この棚葉町《たなばちょう》の通りを東にひたすらまっすぐ行けば、突き当たりに神社へ続く石段がある。そこから左側を向けば『七本屋《ななもとや》』という紺色の暖簾《のれん》がかかった貸本屋が目に入るはずだ」

　男は万年筆を手に持ち、見えない定規《じょうぎ》でもあてがっているかのようなまっすぐな線で地図を描く。その頁《ページ》を破り取ると、男は最後の最後に、

「いいか、店主はとんでもない変人だ。本当に訪ねるというのなら、きちんと心の準備をしておけ。私はお前の先行きを保証することはできんからな」

　と、きつく念を押しながら渡した。

二

司書の男に告げられた通り、若人は棚葉町の通りをひたすら東へ歩いていた。

棚葉町はかつて、大陽本屈指の城下町として栄えた。それこそ、樂市樂座《らくいちらくざ》という政策が行われる以前から、道具やら工芸品などが取引されていた、まさに生粋《きっすい》の商人《あきんど》の町と言っていい。棚葉町で最も取引された品はやはり本であり、その名残《なごり》は町にいまだ残る老舗《しにせ》の本屋の多さからも見て取れる。「だだっ広い商人の町だけど、それにしたって、本を扱う店はこんなにも要るのか？」という疑問を抱くほどだ。

しかし昨今の本屋には、世間様に押し流されて『術本』ばかりがところ狭しと並び、代わりに『譚本』は本棚の隅っこに追いやられている。さらには、その隅っこからでさえ消えてしまった店もある。

この町なら自分の求める譚本だってあるに違いない、きっとそうだ、と隣の村からはるばる訪れた若人のあては、大いに外れたのだった。

（けど良かった。あの司書さんにぶつかって幸いだったぜ。犬も歩けばなんとやらってのは、

こういうことを言うんだな）

若人の心の声を聞いた人間がいたとすれば、役人にぶつかっておきながら何が幸いか、と叱責《しっせき》したことだろう。しかし、若人はこれまでに数十の本屋を渡り歩いており、その度に首を横に振られているのだ。せせら笑われるか、応援されるか、あしらわれるか、店の子供にキャラメルを渡されるか、そんな結果ばかりが続いたものだから、彼が喜ぶのは言うに及ばない。

司書の男に渡された手帳の切れ端と、目の前に広がる光景を照らし合わせながら、若人は件《くだん》の貸本屋・七本屋を探す。大陽本屈指の商人の町と称されるだけあって、実に広大だ。若人が司書とぶつかったのは町の西端に近かったから、東端にある七本屋まではなかなかの距離を歩かなければならなかった。若人には人並み以上の体力があったから、それ自体は苦ではないものの、これだけ歩いてまた収穫がなかったら？　などと考えると不安になってくる。

そうした焦りもあってか、いつまで経っても紺色の暖簾が見えない若人はついに痺《しび》れを切らし、歩みを止めた。諦めたわけではない。別の方法で店を見つけ、別の方法でそこへ行こうと考えたのだ。

「よっ」

若人は近くに人がいないことを確認すると、突然垂直に高く跳《と》び、一番近くにあった瓦の軒先に指をかけた。若人は百六十五センチと、成人男性としては平均的な身長であった。だが、決して低くはない位置にある軒先に、足の力だけで指を届かせ、指先と腕の力だけで自らの体をぐいと屋根まで持ち上げた。

「ええと、紺色の暖簾、紺色の暖簾」

近隣の家の子供がなんだなんだと窓越しに覗くのをまったく意に介さず、かたかたと瓦を踏んで一番高いところ——棟《むね》まで移動する。腰に手を当ててきょろきょろあたりを見渡すと、若人は「お」と短い声に喜びを滲ませ、屋根の上を地上と同じ軽い足取りで歩いた。棚葉町で一番大きな演芸場の屋根や、西洋建築のドーム状の屋根、電線の障害だってまるでものともせず、平地のように進んでいった。

*

今時珍しい、古風な紺色の暖簾を掲げた目的の店の前に降り立って、若人は仰天した。

「きゃっ」

小さく声を上げたのは若人ではなく、軒下にいた一人の娘であった。娘の声は鈴が鳴るような、耳に心地いい声であった。しかし、若人はそれに心惹かれるよりも、屋根の上からでは気づかなかった娘の立ち姿に気を取られていた。

娘は、まっすぐ立っているはずの若人の身長をゆうに越していたのだ。いっそ潔《いさぎよ》く巨女《きょじょ》と言ってもいい。肩は着物の上から見ても細く、足は長く、袖から覗く手は蜘蛛《くも》のように節くれだっている。横幅などなく縦にばかり長い、竹節虫《ななふし》という虫をそのまま人間にしたような風貌だった。

「あの、どちら様でしょうか？」

鈴のような声で、娘は怪訝《けげん》そうに若人に話しかける。歳は若人と同じ頃か、それとも少し上といったところだろうか。磨きあげた黒曜石のような大きな双眸《そうぼう》に、紅梅《こうばい》の花びらを二枚並べたような小さい唇は少々歪《いびつ》である。だが、短く切り揃えられた前髪は妙にあどけなく、美人というよりは愛らしいと言えそうな顔立ちだ。

「すみません。ここに恋の病に効く譚本はありませんか？」

若人は名乗ることなく不躾《ぶしつけ》に、自分の要求をいの一番に告げた。娘はそれに腹を立てることなく、合点がいったように「ああ」と胸の前で手を合わせる。

「少し待っていてくださいね。主人を呼んで参ります」

若人を客だと、瞬時に判断したのだろう。彼女はにこりと笑って、暖簾の向こう側へ入っていった。

「みや様、みや様。お客様ですよ。ご依頼ですよ」

声が奥まで潜っていく。すると、その先から少しばかり億劫《おっくう》そうな物音がして、

「客ぅ？　依頼ぃ？」

と、やはり億劫そうな男の声が応答した。

「分かった。茶でも淹《い》れておくれ」

そう伝えて、男はこきりとどこかの関節を鳴らした。暖簾の隙間《すきま》からなまっ白《ちろ》い足が見え、その足が器用に草履《ぞうり》を履くと、若人のほうへ向かってくる。

「おお、おお、客か。客が来たのは三日ぶりだねぇ」

暖簾をくぐって出てきた男を見て、若人はまた仰天する。男は先ほどの彼女よりもさらに背丈が大きく、少しばかりひょろりとした、いかにも気だるげな男だった。男は白日に晒されているのに顔が見えない。蛇の腹のようになまっ白《ちろ》い男の顔の上半分を、夜闇のように黒い癖毛たちがすっぽり覆い隠してしまっている。

「あの、恋の病に効く譚本が欲しいんですけど」

「ほぉん」

猫背のせいか、若人は男からじいっと覗き込まれている気がした。紙風船のようにやる気のない相槌《あいづち》に、若人が（本当にこの旦那が譚本を与えてくれるのか？）と懐疑するのも無理

はない。男はそんなふうに思われているのを分かっているんだか、分かっていないんだか、やはり紙風船のようなやる気のなさで若人を迎える。

「まあ、上がっていけ。我が愛妻が淹れる茶でも飲みながら語ってもらおうではないか」

男はそう言って踵《きびす》を返す。男の雑に散らばる襟足を束ねた、よく映える赤い紐が揺れた。

＊

「ところで少年。君の名前はなんと言うのかな。どう呼べばいいかくらいは聞いてもよかろう？」

やっと、若人の名前を聞く者が現れた。いや、娘が先刻どちら様ですかと聞いてはいたが、あの時の若人の頭にあったのは譚本のことだけであったから、不躾な彼はそちらを優先させてしまったのである。

「夏目《なつめ》唯助《いすけ》と言います」

若人——唯助は、ようやく他者に対して名乗った。

「そうか。では少年」

どう呼べばいいのか聞いておきながら、結局少年と呼ぶのか。一体なんのために自分は名乗ったのだろうと若人は思った。

「本題に入る前にひとつ尋ねたいのだが、この店に譚本が置いてあるとなぜ知っていた？」

唯助は男に、ここにたどり着いた経緯をざっくりと話した。恋の病に効く譚本を求めてはるばる隣の村からやってきたこと。他の本屋は術本ばかりで悉《ことごと》く駄目だったこと。そんな折に眼鏡をかけた司書の男に出会ったこと。親切な司書の情報によってここまで来たこと。それら全てを、長く語りすぎることなく、要点だけまとめて話した。しかし、お決まりのように男は「ほぉん」とどこか間抜けな相槌を打つのである。

「なるほど、奴めの刺客であったか。なるほどなあ」

お知り合いですか？　と唯助が聞こうとして、それよりも先に「お待たせしました」という娘の声が割り込んだ。

「はい、どうぞ」

娘が桜模様の湯呑みを唯助の前に置く。ほっこりと湯気《ゆげ》を立てた緑色の茶は桜の湯呑みと相まって、春の陽気を思わせるような可愛《かわい》らしい様相であった。もっとも、唯助にはそんな風情を解する能力などないので、すぐさま湯呑みに手を伸ばして半分ほどを一気に飲み干してしまった。

「ありがとうございます。喉が渇いていたので」

「まあ、まあ。こんなところへご足労いただきまして、ありがとうございます」

娘は湯呑みの桜のように笑って、奥の部屋に下がっていった。

「さて、本題に入ろうか」

男が話題にひと区切りつけてしまったので、唯助は司書と男の関係を聞く機会を逃してしまった。男はそれに一切構うことなく、話を進める。

「恋の病、と言ったたな。さて、まずはその恋がいかなるものかを、君に語ってもらいたいんだが」

「えっ」

唯助は目を丸くし、そのまま視線を泳がせた。当たり前である。唯助はまだ十八歳で、頬の赤い若人だ。恋愛にはまだ敏感で、繊細《せんさい》で、純粋なお年頃だ。己の恋を語れというのは、なかなか小っ恥ずかしい要求である。

「先に言っておくが、これは少年の恋患《こいわずら》いの対処法を見つけるためではない。否、それもごく少々含まれるんだが、大半は小生の好奇心からの問いだと思ってくれ」

「こ、好奇心っ？」

唯助は頬どころか耳まで赤くなっていくのを感じた。男の台詞《せりふ》が少しでも相手を慮《おもんぱか》るようなものであれば、恥じらう唯助もなんとか語ろうという気になっただろう。ところが実際に口から出た言葉は、気づかいどころか、単なる好奇心で知りたいのだという超利己的な動機だった。

(し、司書さんの言った通りだ……)

『心の準備を十分にしておけ』という司書の忠告を軽く受け止めていたのを、唯助は悔いた。確かに、この店主は紛《まご》うことなき変人である。見た目も変なら態度も変だし、何より吐く言葉の一つ一つが変だ。妖怪のようなにちゃりと気持ちの悪い笑みを浮かべるこの男を頼ってよいものかと、唯助は不安になってくる。二の句が継げないでいる彼に、

「ほれほれ、言ってくれなきゃ対処できんぞ」

と、男は面白がるような態度で急かす。しかし、町中を練り歩いてやっと見つけた望みだ。最終的に唯助の決断がどちらに傾くかは論ずるまでもない。

「わ、分かりましたよ。……あんまり深く突っ込まないでくださいね」

「分かった、そうしよう」

男の本気かどうかも分からない同意を得て、唯助はぽつぽつと、自らの恋模様を語りはじめた。

「この町の南に大通りがあるでしょう。その道沿いに〝なばな屋〟っていうそば屋があるんですが、旦那は存じておいでで?」

「いんや、知らん。で？」

「そのなばな屋には看板娘がいまして、名前はハルさんと言います。名前の通り春の陽だまりのように明るくて、気立ても良くて、子供好きで、けれど誰にもなびかない、そんな娘なんです」

「早い話、そのハルという娘が、君の恋焦がれる相手ということだな」

「うっ、まあ、ええ、そうです。けど、ハルさんには許嫁《いいなずけ》がいるそうで、おれは最近知ったんです。真剣に彼女を愛していて、仕事にも真摯《しんし》で、おまけに男前ときた。本当によくできた人なんです。おれなんて足元にも及ばない。しかし、それを知ったというのに、というより知ったせいなのか、おれはハルさんへの恋を自覚してしまって。どうにも苦しくて苦しくて、夢に見るほどなんです」

「ほぉん。どんな夢なのかな？　娘を抱いてああだこうだしたり、睦言《むつごと》をねっとりと、それこそ水飴《みずあめ》を擦り合わせるかのようなしつこさで囁《ささや》いたりするのかな？」

「違ぇわいッ!!」

唯助は思わず、座っていた座布団から筍《たけのこ》のように立ち上がった。ただでさえ耳まで赤く染めていた血の色が、握り固めた拳にまで行き届いていた。

「す、すんません」

自身の声の大きさに気づいた唯助は、しゅるしゅると座布団に座り直した。

「いえ、そこまで濃ゆいものではなくて、手を繋いだり、一緒にどこかへ出かけたり、あとは――」

「駆け落ちとかかな」

「そう、駆け落ち！　そうです、って、えええええ⁉」

いちいち挙動の大きい唯助は、今日一番に仰々しく驚いた。まさか、夢の内容をズバリ言い当てられるとは露ほどにも思わなかったのだ。しかし、それにしたって唯助の声は馬鹿みたいに大きい。目の前の男がすかさず耳を塞《ふさ》いでしまったくらいである。

「つまるところ、少年はハルというそば屋の看板娘に許嫁がいることを知ってから、彼女に片想いしていたことに気づいた。そして、叶わぬ情景を夢見てしまうほど想ってしまい、どうにも強すぎる恋心、まあ要するに未練をスッパリ断ち切ってしまいたい。ということでいいのかな」

「旦那の仰《おっしゃ》る通りです。まさにそれです」

「他には？」

「他？　他ってのは？」

「いんや、他に語ることがないならそれでいい」

他も何も、少年は洗いざらい吐いたつもりだ。もうこれ以上語ることがないくらいに、語ったつもりである。否、正確には語ってはいないのだが、詳細まで語らずともいいと無意識に判断していた。にもかかわらず、七くらいの情報から残りの三を全て見透かされた気がした。同時に、男がそういう能力がある人間のように感じた。

男はそこで話にひと区切りつけると、改めて唯助に向かって言った。

「少年、先に言わせてもらおう。まず、少年に譚本は適用できん」

「え、なんで？」

大げさに身を乗り出す唯助に対し、男はその眼前へ人差し指を立てた手を突き出す。

「一つ、恋の病に効く譚本などという都合のいいものはこの世に存在しない。恋とは単純明快で、難透難解《なんとうなんかい》で、よく分からん代物だ。時に自分の恋でさえ、なんぞやと分からなくなる。そんな曖昧模糊《あいまいもこ》、複雑多岐《ふくざつたき》なものにどう譚本を適用しろと言う。恋人と読んで都合よくいちゃつき辟易《へきえき》するほどべたべた触れ合いたい、あわよくば肌に吸いつき肌を揉《も》みしだきたいというならば、それに応じた恋愛譚やら官能譚やらを紹介できる。だが、少年は叶わぬ恋を断ち切るための譚本が欲しいという。単刀直入に言おう。それは無理だ。少年が自力でカタをつけるしかない」

なんだ、それじゃあ話が違うじゃないか。帝国司書が勧めてくれた店なのだから、当然譚本を紹介してくれるだろうと思い込んでいた唯助は、期待を大きく裏切られて詐欺《さぎ》に遭《あ》ってしまった気分だった。文句を言おうとした唯助に、男は二本目の指を立てる。

「二つ。うちが貸本屋として貸せるのは譚本の『写本《しゃほん》』だけだ。少年の求めるほどの効能を持つ『原本《げんぽん》』を貸すことはできん。法律違反になってしまうのでな」

「へっ?」

男の言動に不満が噴出する寸前の唯助だったが、ここでいきなり聞き覚えのない言葉を並べられて、一気に困惑へと変わった。

「『写本』?『原本』? 法律で決まってる、って?」

そんな唯助の態度を見て、今度は男の方が困惑する。

「少年、知らんのか? まさかとは思うが、聞いたことすらないと言うのか?」

いやまさかそんなことは言いませんよね、という気持ちを男は言外に込めたのだが、唯助はそれに対しただ一言、「知らない」と返答する。

「……これは驚いた。君くらいの年頃なら知っていて当然の知識のはずなのだが……いや、今なら尋常《じんじょう》小学校でもしっかり教えられるような内容だぞ。少年よ、君は一体どのような環境で育ってきたのだ。並の教育を受けてきたとは思えん」

唯助の返答は男にとって想定外であった。信じられないという男の驚愕ぶりが、そのままため息として出てくる。

「並の教育なんて受けさせてもらえるもんか。うちは根っから武闘派の道場だし、法律とか原本だとか、そんなもんは教えてすらくれない。譚本とか術本ってのも、おれが勝手に身につけた知識だ」

　よく分からないながらも馬鹿にされたような気がした唯助は、無知ですいませんでしたねと言わんばかりのむすっとした態度で言い返す。男はあまりにも嘆かわしい唯助の状態を前に、開いた口が塞がらないようだった。指二本なら容易く入りそうな大きさに口をぽかーんと開けている男を見て、自分の発言の異様さにまるで気づいていない唯助は首を傾《かし》げる。

「では、少年。我ら人類は譚本を読み解くことで物語を体感したり、術本を読み解くことで先人たちが記した技術を再現することができる。そのことは知っているね？」

「え？　はい、それは勿論」

「では、一般の人々がそれをするときは大抵『写本』のほうが使われているのだけど、どうしてか知っているか？」

「んっ？　いえ、それは……」

「『原本』と『写本』の違いについては？」

「え、え、お」

「本が如何様《いかよう》にして生み出されるかは？」

「…………」

男は唯助が果たしてどの段階まで社会常識を理解しているのか、逆に言えばどれほど物を知らないのかに探りを入れた。人間、自分の知らない知識や用語を一挙に並べ立てられると混乱するものである。一般人なら迷うことなく「知っています」と首を縦に振るであろうものを、唯助は縦にも横にも振ることができなかった。これは重症どころの話ではないな、と悟った男は、

「……少年、小生は今から君に大事な話をする。この国の法律にも関わる話だ。君のご実家の教育方針以前に、これくらいは知っておかないと、この先本当に困ることになる。よその変なおじさんの話だからと聞き捨てないで、ここはよぉーーく覚えておきなさい」

と、突然、まるで幼子に強く言い聞かせるような口調で話しはじめた。唯助からしてみれば、紙風船のようにやる気のなかったはずの男が急に腰を入れてきたものだから、面食らってしまう。

「『本』とは、読み解きをすることで単なる読み物としてではなく、物語を体感したり、技術を再現することができる。不思議な力を持つ道具のことだ。このへんは分かるね？」

男による丁寧な本の解説が始まると、唯助は律儀《りちぎ》にも耳を傾け、頷《うなず》いた。

「作家が一冊の本を紡ぐには必ず『核』が必要になる。ここで言う『核』は、譚本に内包される物語や、術本に内包される技術が蓄積した物質のことだ」

「？　えー……と？」

「例えば、時計を作るための術本なら、その技術を用いて作られた時計が核になる。譚本なら、物語を綴《つづ》った原稿用紙が多くは核になるね」

「あ、なるほど」

唯助は知識の足りない頭ながらも精一杯、知恵を働かせて男の説明を咀嚼《そしゃく》する。

「さて、その核をもとに作家の手で紡がれた原初の一冊のことを、この国では『原本』と呼ぶ。核から紡がれた原本はとても強い力を持っていて、一般の人々が使うと危険な事故を起こしてしまうことがあるんだ。だから『原本』は原則として、民間の書店などでやり取りしてはいけないし、国の許可なく所持してはいけないと法律で定められている」

「じゃあ、もしやり取りをしちゃったらどうなるんです？」

「分かっててやったのなら、店側は営業停止を命じられるだろうね。客側にもそれなりの罰金刑が下《くだ》るだろう。恋の病を断ち切れる譚本が欲しいという話から察するに、君が求めているのは擬似体験ができる『原本』のほうなのだろう。しかし、それはこういう理由があるから提供ができないのだ。分かってもらえたかね」

法律で決まっているのなら仕方がない。唯助は男の説明に素直に納得した。知らなかったとはいえ、危うく法を犯すところだったことに気づき、ほっと胸を撫で下ろす。

「その代わりに民間でやり取りされているのが、原本から複製して作った『写本』だ。こちらは原本ほど強い力を持たない。その分事故が起きにくくて安全だからね。うちのような書店に置いてある譚本の写本に至ってはただの読み物だからまったくの無害だ。君が求めていたのがもしそちらだったのならば、何冊か見繕《みつくろ》って貸し出すことはできたのだけど――」

男はそこで言葉をひと区切りし、ちらりと唯助のほうへ視線を投げかける。――いや、実際にはそんな目の動きなど髪に隠れて、唯助にはちらりとも見えなかったのだけど。

「それでは少年は納得せんだろうし、少年の悩みも解決には至らん。そうだろう？」

男は少し冷めた茶をぐっと呷《あお》る。唯助は明確な返答ができず、ただ困って俯《うつむ》くだけだった。

男は茶を飲み干すと、懐から少し潰《つぶ》れた紙製の小箱と、それよりひと回り小さい箱を取り出す。潰れた箱の中身は、唯助の小指よりも気持ち細い紙の棒だった。男は紙の棒の端を唇に挟むと、続いて小さな箱からしゃかしゃかと細い木の棒を取り出し、赤く膨れたその先端を箱に擦《こす》りつけて火をおこした。そして、火を細い紙の棒にあてがう。

「……なんだ、それ」

「なんだ、少年。煙草《たばこ》も知らんのか？」

「見たことねえ。それに妙ちきりんな匂《にお》いの煙だ」

「本当に世間知らずだねえ、君。ここまでくると生い立ちがとても気になるよ」

まあそんなことより、と男は一旦煙草の煙を口に含んで、それをひとしきり吐き出した。

「譚本の提供は無理だ。これはしっかり言い切ろう。だが、依頼は依頼、それもあの柄田《つかだ》が寄越してきた依頼ならば、小生も断ることができん。それに少年、小生は君に興味が湧《わ》いた」

「え？」

興味が湧いた、とのたまう男に、唯助はぽかんと口を開けた。なぜなら唯助が予想していた展開は、恋の病に効く譚本などないから出ていけ、と断られる流れだったからだ。だが、男は唯助の予想とは随分違ったことを口にしたのである。

「小生は君自ら譚《はなし》を語ることを期待したのだがね。君が語る恋の譚とやらはまーーーぁ薄っぺらい。饅頭《まんじゅう》の皮一枚にも及ばんくらい薄っぺらくて手助けなどできるわけがない。君があんまりにも頬を赤くするうえ、耳までどんどんカンカン赤くなっていくものだから、さすがに深く問い詰めるのも可哀想《かわいそう》かとも考えたのだがね。しかし、これではパン粉だけ渡されてとんかつを作れと言われているようなものだ。無論、できあがるのはきつね色のトゲトゲした天かすがせいぜいだろう」

「は？　待ってください、手助けって？　なんの手助けです？」

唯助はべらべらと滑《なめ》らかに喋《しゃべ》る男の言葉の滝に翻弄《ほんろう》されつつ、それでもその物言いには妙な引っかかりを覚えた。

「無論、少年の抱えた恋の病についてだ」

「いや、おれは別にそこまで求めてねえんだけど⁉」

自分はあくまで譚本を求めて来たのであって、それが叶わないとなれば素直に店を後にするつもりだった。具体的な恋愛相談など本当はしたくなかったし、恋模様も譚本が欲しいから恥を忍んで仕方なく語ったのだ。そうでなければ、誰が好き好んでこんないかにも怪しく面倒極まりない男に話すものか。

唯助の動揺をよそに、男は人差し指の腹で自らの鼻筋を自慢げに叩いて笑った。

「少年、小生は譚にかけては驚くほど鼻が利くのだ。君の譚に小生が呼ばれたのか、あるいは譚のほうが小生に向かってきたのかは分からんが、これはいい譚だ。久々に踊《おど》りたくなるような、まっこといい譚だ。だから、君の譚は聞いてやりたいと思ってるし、読み解いてやりたいとも思ってる」

唯助には男が何を言ってるのか、皆目《かいもく》分からなかった。唯助はこんなにも、それこそ今すぐにでも譚本を欲するほど恋に悩み、苦しんでいるというのに、男はそれをいい話だと言う。

頼んでもいないのに、話を聞いてやると、いかにも傲慢《ごうまん》なことを言い、幼子が新しい玩具《がんぐ》を与えられた時のような無邪気な足踏みをしていた。恋話に花を咲かせる乙女《おとめ》のそれとはまた違って、男は目に見えてうきうきしていたのだ。

唯助の心の深層、つまりは自分以外の誰かに踏み入られることさえ憚《はばか》られるところに、男は土足で入り、あろうことか踊っている。

唯助もそれなりに不躾な若人であったが、そんな唯助でさえ顔をしかめてしまうほど、男は実に甚《はなは》だしく不遜《ふそん》で、無遠慮な男であった。

「少年、小生は君を逃がしはしないぞ。その譚、骨の髄までしゃぶってたっぷりと味わわせてもらおう。もう日が暮れるし、今宵《こよい》はここに泊まっていくといい。二階にちょうど使っていない部屋があるから貸そう。そうそう、我が愛妻の手料理は、老舗旅館の料理人のそれよりも美味《うま》いのだ。君も味わっていくといい。せっかく迎えた久々の客人だからな、こちらも最大限のもてなしをさせてもらおうじゃないか」

唯助は硝子戸《ガラスど》の向こうにある外の景色を見る。確かに、いつの間にか窓からは斜陽が差し込み、本棚の影が長く背を伸ばして横たわっていた。

唯助は背中に嫌な汗が流れるのを感じた。

「ああ、先に言っておくが、君の譚を根掘り葉掘り真の髄まで覗こうとするのは、小生の好奇心からではない。否、それもごく少々含まれるんだが、大半は恋を患った少年を心配するがゆえのものだと思ってくれ」

「嘘をつけえ！」

あまりに奔放《ほんぽう》な男に不満を溜めていた唯助は、思わず大きな声で文句を言った。

三

唯助が目を覚ましたのはまだ日も昇っておらず、少しだけ空が明るんでいる、そんな時分だった。春眠暁《しゅんみんあかつき》を覚えずというが、唯助の一日は暁を拝むことから始まる。それはまだ少し肌寒く、布団の中が心地いい四月でも変わらない。唯助はいつもと違う目覚めの風景に目を擦り、あたりをゆるりと見回した。

（ああ、そうか。泊まりだった）

夜明け前の冷たい空気が、霞《かすみ》のように覚束《おぼつか》ない唯助の頭を覚醒へと導く。唯助はむくりと起き上がって、好き勝手あっちゃこっちゃに散らばった珍しい茶髪を散切《ざんぎ》りよりも時代遅れな、否、時代に逆らうかのような総髪に結い上げた。萌木色《もえぎいろ》の着物に袖を通して、しんと静まり返った家の階段を足音ひとつ立てずに下りていく。井戸を借りて顔を洗い終える頃には、唯助の頭はすっかり冴えていた。

唯助はふと、昨晩のことを思い出し、本当にえらい目に遭った——とため息をついた。

この店の主《あるじ》たる男はあの後、宣言通り唯助を離すことなく、恋だの愛だのを語らせまくった。お年頃の唯助としては恥ずかしさで泣きたくなるほど、それこそ拷問《ごうもん》にも等しい行為だった。

やっと男から解放されたからさあ帰ろうと思ったその時に、今度は娘が夕餉《ゆうげ》を運んできた。男の拘束から一刻も早く逃れたかった唯助だが、娘の桜のような柔和な笑みと好意は無下にできなかった。

まんまと美味い飯を食わされた唯助はそれでも諦めず、これ以上世話になるわけにはいかないからと理由をつけて、さあ帰ろう、と二人の目を盗み、台所脇の勝手口からそうっと出ていこうとした。

そこで、奇妙なことが起きたのである——

「やめておけ、少年。今宵は外に出ない方がいい」

こっそり開けた勝手口の硝子戸は、背後から声が聞こえると同時に、ぴしゃんと閉まったのである。取っ手にかかった唯助の指に逆らうように。これには唯助も「ひぇっ」と声を上げて驚いた。

「ぎゃーーーッ!!　ごめんなさいごめんなさいごめんなさい!!」

青ざめた唯助は動転し、固く閉じられた戸をなんとかこじ開けようとするが、いくら体重をかけてもびくともしない。そんな彼に追い打ちをかけるように、背後からくすくすと不気味な笑い声が聞こえてくる。こんな時、わざわざ振り返らなければいいものを、やってしまうのが、あらゆる怪談のお約束である。唯助もまた、おそるおそる振り返った。

「でッ、出たぁあああああッ!!」

唯助が声を裏返して叫ぶのもむべなるかな。彼が振り返ったその先には、薄気味悪い妖怪のような面《つら》をした、もさもさ頭の男が立っていたのだ。しかも男の立っている位置は、どんなに手を伸ばしても硝子戸の取っ手には絶対に届かないところだ。ならば。ならば誰が戸を閉めて唯助を閉じ込めているというのか。不可解な現象に気づいてしまった唯助の恐怖は、さらに加速した。

「やだやだやだ助けて!!　幽霊だけは駄目なんだよ、おれぇぇ!!」

「失敬な!　人を幽霊呼ばわりするんじゃない」

いいから落ち着きなさい、と言いながら、どう見ても妖怪にしか見えない男が唯助の頭を引っぱたいた。

「あのなあ、少年。小生は少年のために言っているのだぞ？」

「ふぇ……？」

引っぱたかれた痛みが本物であることに気づいた唯助は、少しだけ冷静さを取り戻し、男の顔をまじまじと見る。薄気味悪い妖怪かと思われたそれは、どうやら生きた人間のものであるらしい。

「この町の夜は少しばかり物騒になることがあるのだ。この町にはね、夜闇《やあん》に紛れて蠢《うごめ》くものがあるのだよ。だから今宵は泊まっていきなさい。確実に事なきを得たいのであればな」

今の唯助にとっては外の夜闇よりなにより、目の前にいる男のほうが数倍恐ろしかった。男は硝子戸からかなり距離をとっていたはずなのに、なぜ硝子戸が閉まり、開かなくなってしまったのかが分からないのだから。この男が何かをしたのか、あるいは何かが唯助をここから出すまいとしたのか——今ほど起きたことが非常に不可解なだけに、唯助は恐ろしくてたまらなかった。

男は怯える唯助を気遣ってか、こんなふうに言葉をかけたのだった。

「安心しろ。小生も、妻も、君をとって食ったりはしない。だがもしもの、君がこの家で寝泊まりする中で身の危険を感じた時のために、石でも金槌でも文鎮《ぶんちん》でも一つ持っていくといい。気休めくらいにはなるだろうさ」

あんなのもう思い出すまい、と唯助は記憶を振り払うように首をぶんぶん振る。今日こそは上手いことあの男から逃げなければ。唯助は気を取り直して居間へ向かった。

「おはようございまッ」

そして居間で繰り広げられていた光景に目を剥《む》いた。同時に、そこにいた娘——いや、昨日の男の言葉や態度から察するに、男の妻のようだ——も「ひゃっ」と悲鳴を上げる。動じなかったのはただ一人、蛇の腹のようになまっ白《ちろ》い肌の、唯助よりも酷《ひど》い癖毛で目を隠した、二十代半ばらしき男だけである。

「おお、少年。目覚めが早いな。感心感心」

「な、な、な」

お年頃の唯助は頬を真っ赤に染めて震えていた。それもそのはず、男は妻と、こんな時分から、この爽《さわ》やかな春暁の中で、熱烈に口を吸い合っていたのである。泊まりの客がそんな光景を目撃し固まっていて、妻もそれに驚いて固まっていて、男だけが臆面もなく妻の腰を抱きしめていた。

「そんなに驚くかい？　夫婦が口を吸い合う光景なんてよくあるだろう」

あっけらかんと笑っているこの男の字引きに、恥じらいという言葉はないのだろうか。人並みの羞恥心《しゅうちしん》があれば、口吸いの場面で突然人が乱入してくる事態に驚かずにはいられないはずなのだが。男は昨日吸っていた紙巻き煙草と妻の唇は同じだとでも言わんばかりに、平然としていた。

「あの、みや様！　そろそろご飯が炊《た》ける頃合いですし、唯助さんも起きられたようですから、朝餉《あさげ》の準備をしてまいりますね」

妻が男の腕をのけて、台所の奥へ逃げ込む。男は「あ」と去っていく彼女を引き止めようとするが、伸ばした手が空《くう》を切ると、とても残念そうに唇でへの字を作った。

「あーあ、少年がもう少し遅く起きてくれれば、満足するまで吸えたのに。残念残念」

「それはおれのせいじゃねえだろ」

そういう話を客前でするものではなかろうに、と唯助は嘆息した。

台所から味噌汁《みそしる》の匂いが立ち、それから少しして、

「お待ちどおさまです」

と、妻が漆塗《うるし》りの盆を手に現れる。大盛り二つと小盛が一つの白飯、味噌汁の椀といくつかの小鉢が盆の中に座っていた。

「言ってくれれば運んだものを」

男はそう言いながら、盆から大きさの違う茶碗を一つずつ引き取り、唯助と妻の前にある箱膳《はこぜん》へそれぞれ置いた。人前ではあれだけ無神経なくせに、伴侶《はんりょ》に対する気遣いはあるのか、と唯助はその手際を見てぼんやり思った。

「ほお、鯡漬《にしんづ》けか」

「先日、朝市で身欠き鯡が手に入りましたので。魚屋の川原《かわはら》さんがお勧めしてくださったの」

「なるほど、春告魚《はるつげうお》か。春に相応《ふさわ》しいものを勧めてもらったんだね」

「ええ。湯も用意がありますから、梅干しと合わせてお茶漬けもできますよ。こちらの数の子の和え物は、川原さんの奥さんが教えてくださって——」

目の前に美味そうな料理を置かれて、その匂いを吸っているだけで腹の虫が鳴りそうだというのに、二人の会話まで美味そうだったから、唯助は口に唾《つば》が溜《た》まるのを感じた。

「少年、先に食べるといい。せっかくの飯が冷めてしまうよ」

「いえ、まだ大丈夫ですよ。旦那の方こそ、先に食べないんですか？」

「食べないよ。作り手の嫁が座ってもいないのに手をつけるのは失礼だろう」

「もう、お二人とも気にしないで召し上がってくだされぱいいのに」

先を譲り合う二人に笑いかけつつ、支度を全て終えた妻が自分の膳の前に腰を下ろす。

「さて、ではいただこうか」

男が手を合わせ、妻も「はい、みや様」と続いて手を合わせたので、唯助もそれに倣《なら》う。男と妻が白飯に箸《はし》をつけたところで、唯助はようやく料理に手を出した。

この大昌の世では一家の大黒柱たる父、あるいは夫が先に料理に箸をつけ、それに続いて他の者が順番に箸をつけるのが慣わしである。場合によっては客人に先に食べさせることもある。しかし、女性が先に箸をつけることはほとんどない。女性は男の後に飯を食べはじめるというのが、男尊女卑的な大昌の世の風習であった。

しかし、ここでは珍しいことに、男も女も等しく手を合わせて、同時に手をつけた。傍から見ていた唯助のみならず、よその者なら誰もが変わっていると感じる光景であろう。

「……美味い！」

二人が話していた鯡漬けをいの一番に口に運んで、唯助の目がぱっと輝く。

「なんだこれ……すっげえ美味い！」

口に入れた瞬間、ふわっと広がる独特な酸味と魚の風味がなかなかクセになる。これがまた米との相性が良く、ご飯をかき込む手が止まらない。

「ふふ、良かった。唯助さんは本当に嬉しそうに召し上がるから、作りがいがありますわ」

気持ちのいい食べっぷりをする唯助を見て、彼女もまた満足げに笑った。

「小生も嬉しそうに食ってるんだが?」

「勿論、みや様はいつもですよ。好き嫌いなくなんでも召し上がって、おかわりまでしてくださるから、おとねはいつも嬉しゅうございますよ」

隙あらばいちゃつくこの二人の周りが、甘い空気で満たされている。

(……鮮がなんだか甘く感じる)

あまり吸い込むと胸焼けしてしまいそうだ。朝から夫婦仲がよろしいことで、と呟《つぶや》いて、唯助は梅干しをひと口齧《かじ》った。

齧ったところでふと思い出した唯助は、夫婦にあることを尋《たず》ねた。

「そういえば、旦那と奥方のお名前はなんて言うんです?」

妻のほうは常に男を「みや様」と呼び、男はたまに妻を「おとね」と呼んでいた。聞くまでもなく分かっていたから、唯助は今の今まで名を聞くことを忘れていたのだ。

「おや、名乗らなかったかな?」

男は唯助と同じく名乗ることを忘れていたようだ。妻は、

「まあ、わたくしは既に名乗り合っていたものとばかり。でも確かに、わたくし自身ではきちんと名乗っておりませんでしたね。失礼をお許しください、唯助さん」

と頭を下げる。

「では改めて。小生は『七本三八《みや》』という。三と八を書いて〝みや〟だ。決して三八《さんぱち》とは呼んでくれるなよ、野暮《やぼ》ったいからな」

普通に有り得そうな名前に滅多《めった》なことを言うものではない。全国の三八《さんぱち》さんに謝ってこい、あんた――と唯助は不遜な男・三八に心の中で手刀を下ろした。

「で、こちらは妻の『音音《おとね》』だ。音を二つ連ねて〝おとね〟と読む。ちなみに名付けたのは小生だ」

「どうぞよしなに」

対して、妻の音音の態度は唯助も背を正してしまうほど礼儀正しく、それでいてどこか安心できるような恭《うやうや》しさだ。しとやかな微笑から溢れ出るのは、三八のそれとはまったく似ても似つかない、きめ細やかな趣深さ、親しみやすさである。

「旦那が名付けたんですか？　それはまたどんな事情で」

唯助の純粋な疑問に、音音はにこりと微笑《ほほえ》んだ。

「まあ、それには長すぎる事情があるばかりですから、そのあたりは機会があったらということに致しましょう。今問題なのは、唯助さんのほうなのですし」

音音は善意十割で発言したのであろうが、唯助にとっては隣で飯をかき込んでいる三八が曲者《くせもの》であった。

結局、当初の目的であった譚本は提供してもらえず、さらに余計なことに、三八は「依頼は依頼だ」と言って唯助の恋心を裸にしようとしてくる。もう十二分に語り尽くして裸だというのに、男はそれでも足りないとばかりに肉から骨から探りを入れてくる。唯助にとっては不愉快の極み、迷惑千万もいいところだ。

「音音さんや。一つ提案があるのだが、昼餉《ひるげ》は久々に外食にしないか」

「まあ！　それはいいですね」

嬉しそうに同意する音音とは対照的に、唯助はなにやら背中に冷や汗、悪寒を感じた。

「………なあ。まさかとは思うけど」

唯助の悪い予感を、その通りだと三八は笑うことで返した。にやにやと。心底楽しそうな笑顔で、にやにやと返した。

「この時期なら山菜のそばが美味い頃だろう。タラの芽の天ぷらなどもいいな。なばな屋という似つかわしい名のそば屋があると聞いたところだし、そこに案内してはくれんか、少年」

「やっぱりですか」

＊

　これ以上いたいけな少年の恋心をひん剥《む》いたところで、何が面白いのか――そんな唯助の問いかけに対し、三八はあくまで「依頼をこなすためだ」と返す。しかし、追及に辟易している唯助はもはや、三八の好奇心にただ弄《もてあそ》ばれているだけとしか思えなかった。だから、逃げるためにあれよこれよと作戦を立てているのだが、久々の外食に心躍らせ胸をときめかせる音音の笑顔は、生煮《なまに》えな計略を容易く無に帰してしまう。

　つまるところ、唯助はとても嫌々ながら、渋々と、不承不承に、なばな屋へ二人を案内することになったのである。

「いらっしゃ～い！」

　女将の声が響く店内は、すでに昼時《ひるどき》ということもあり、席はどこも客で満たされていた。菜花色の着物を着た娘たちが二、三人ほど忙しなくあちこち動き回っている。娘の一人に通され、隅に空いていた席に腰をかけ、三八が早速とばかりに唯助に尋ねた。

「で、どの娘が、そのハルという娘なのかな」

「今日は……いないみたいですね」

　唯助の言ったことは嘘ではなかった。本当にハルがいても逃げ口上としてそう言っていたかもしれないが、今回は運良くハルがいなかった。三八も唯助の言葉に嘘はないと見たのか、

「そうか。それは残念だ」とあっさり引き下がった。唯助は小さく胸を撫で下ろすが、しかし、三八の好奇心はそれでも尽きぬようで、

「では、少年のことについて聞いてもいいかな」

と、今度は唯助自身のことについて尋ねてきた。ハルの話を聞かれることにばかり気を取られていた唯助は、ここに来てまさか自身のことを語らされるとは思わず、とっさに身構えた。

「実家は道場と言っていたね。それに、その潰れた耳、柔術家にはよくある形だ。筋肉の付き方も農家のものとは違っているようだし。歩き方もすり足が板についている。——そういえばいつだったか、この近くに柔術を教えている道場があると小耳に挟んだのだけど、もしかしてそこかな？」

白々しい態度でじわじわと核心を突いてくるな、と唯助は眉をひそめた。この男、ふざけているようで、洞察力には長《た》けているのだ。唯助が一度だけ口を滑らせてしまった『道場』という単語、特徴的な耳の形、体つきや身のこなし、それら全てを余すことなく手がかりとして捉えている。

「……ええ、そうですよ。おれの実家は柔術道場です。戦乱の時代から続く夏目流柔術のね。おれはそこの次男坊で、ある程度の技は修得しています」

「ほぉ、それはそれは」

三八が興味深そうに相槌を打ったところで、頃合いを見た娘が注文を取りにやってくる。

三八は、

「山菜そばを七人前。あと、天ぷらは五人前にしておこうか」

と、なぜか人数に合わない量を注文した。娘は「えっ？」と間抜けな声を出してもう一度聞き返していたが、唯助は驚くことなどなかった。

この男は見た目に似合わず大食漢であった。文字通り腑抜《ふぬ》けたようなひょろひょろの体のどこに食った飯を溜めるのだ、と言いたくなるような食べ方をするのである。昨晩の夕餉では、少なくとも五回は飯を盛っていた。もはやおかわりの度に音音を立たせるのが申し訳ないからなのか、三八は途中から自分で飯をよそっていたのである。

「あと、この二人にもそれぞれ同じものを一つずつ、片方は小盛にしてくれ」

――最初の注文におれらの分は入ってなかったのかよ‼

唯助は三八に、心の中で盛大につっこんだ。

ちなみに、この店の並盛りそば一杯が決して少ないわけではない。食べ盛りな唯助が頼んだのは山菜そば大盛り一杯に天ぷら一人前。それでも、平均的な食べ盛りなら、これで腹は十分に満たされる量であった。

そばをある程度食べ進めたところで、そういえば、と三八が切り出す。

「愛妻から聞いたが、なんでも君は屋根の上を歩いてうちの店に現れたそうじゃないか。竹のように若々しく瑞々《みずみず》しく、しなやかで強靭《きょうじん》そうないい体格をしている。体力や力にはよほど自信があるのではないか？」

いちいち比喩を用いたがる男だなあと唯助は最後のひと口を胃に収めながら、褒められたことは密かに喜びつつ、次に飛んでくる問いは何かと、落ち着かない心持ちで、

「まあ、周りに比べたらあるほうだと思います」

と、あまり掘るところもなさそうな、無難な言葉で返した。

「道場の中ではどうだった？」

「……自分で言うのもどうかと思いますけど、まあ、それなりに強いほうかと」

「それはいい、いつか見てみたいものだ」

「先に言っておきますが、うちの道場は一見さんお断りですから、案内はできませんよ」

「おや、それはなんとも残念な話だ」

――やっぱり来ようとしてたな、こいつ。

襖《ふすま》にほんのちょっとの隙間を見つければ、そこへ箸を差し込んでこじ開けてきそうな男で

ある。まったくもって油断ならない、と唯助は常にひやひやしていた。三八に出会ってから今に至るまでまだ丸一日と経っていないが、その間に幾度となく質問攻めにされてしまった。そして、気づけば三八に対してすっかり防御姿勢を取るようになっていたのだ。

「まあそれなりに、ということは、君より実力が上の者がいるということか。……次男坊と言っていたが、もしや、君の兄上のことかな？」

「……ええ、まあ。双子の兄貴がいます」

唯助自身は気づいていなかったが、彼は自身の柔術に関する話題になってから今に至るまで、既に三回も「まあ」という言葉を使っている。当然、目敏《めざと》い三八はその微細な変化にも気づいていた。「まあ」を多用して話を曖昧《あいまい》にしたがる人間というのは、優柔不断で自分に自信がないとか、自己防衛的であるとか、そういった性質を持っている可能性が高い。三八は経験則で知っていた。

要するに唯助は、柔術はそれなりに強いほうという説明をしつつも、それに見合うだけの自信を持っていない――さらに、実力が上だと認めている兄の話題にはあまり触れてほしくないと思っている。三八はこの時点で既にここまで予測していた。

唯助はまさかそんなところまで見抜かれているとは露知らず、それでも意固地に、少しも隙を見せまいと亀のごとく自らの甲羅に閉じこもっているつもりであった。実際にはちょっとだけしっぽを摘まれているのだけど。

「ていうか、旦那。いつのまに平らげたんですか、それ」

「うん？」

唯助が指をさしているのは、卓の隅に高々と積まれている、空《から》の器である。一体、常々喋っているこの多弁な男がいつ、七杯のそばを平らげたのか、唯助にはさっぱり分からない。実は髪の下にもう一つ口があるんだよ、などと馬鹿げた嘘をつかれても、今なら信じられそうだ。

「無論、少年と会話をしている合間にだが？　しかしこれは危ないな。倒れて割れたりでもしたら、音音が怪我《けが》をしてしまう。下げてもらおうか」

三八が手を挙げて手近にいた娘たちを呼ぶ。娘たちが丼をテキパキと下げて去ろうとしたところで、

「ところで、ハルという看板娘がいると聞いたのだが、今日は不在かな？」

と、なんと一度引いたと思われたハルの所在について尋ねたのである。

「だから、ハルさんは今日は……」

「はい、おりますよ。今日は奥のお座敷席に」

「えっ」

それを聞いた唯助は一瞬の間に青ざめた。もとから赤い頬を、昨晩よりも、急激に青くした。

「すまぬが呼んできてはもらえんか」

「ちょ、旦那ッ！」

滝のように汗をかき、その大きな目をさらに大きく開いて、唯助は三八の着物の袖を掴んだ。脱げるどころか今にも破れてしまいそうなほど、余分な力を込めて。

「焦るな焦るな、少年。なんだ、恥ずかしいのか？　大丈夫だ、勤勉な娘の仕事をあまり邪魔するわけにもいかんからな、手短に質問したいと思っているし、そう長い時間あれこれ聞く気はないよ。たった一つ聞きたいだけだ」

確かにそうであったとしても、唯助は袖を掴む力を緩めることができない。なぜならその『たった一つの質問』こそが、唯助にとっては致命傷になりかねないからだ。確証はなくとも確信していた。

「いい加減にしろ!!」

唯助はついに、三八の胸ぐらに掴みかかった。

「みや様！」

それまで黙って見守っていた音音がおろおろと慌て出すが、今や錯乱状態に陥った唯助には音音の声も、周囲のどよめきもまるで届かない。ただ一つだけ、なおもにやにや笑っている眼前の男だけが唯助の視線を縫い付け、憎たらしさを増強させていく。

「なぜそんなに怒る？　なぜそんなに狼狽《ろうばい》する？　恋の病をどうにかしたいのだろう？　ならば、その全貌を掴まなくては対処できまい。小麦粉と卵だけ渡されて美味い天ぷらを作れと言われているようなものだ。きちんと仕事をしている小生が怒られる理由などないと思うがなあ」

「てめえ……ふざけてんのかッ!!」

一度青ざめ、再びカンカンに赤くなった唯助は、もはや獣であった。若き猛獣であった。今すぐにでも本当に噛みつかんばかりの苛烈さを目に迸らせていた。

「なにが依頼だ！　なにがいい譚だ！　あんたこんなことして楽しいのかよ⁉　一体何が目的なんだよ⁉」

獣と化した唯助に真正面から掴みかかられてもにやにや笑っていた三八であったが、何が目的だと問われた途端、その口元から笑みが消えた。唯助はごく一瞬、彼自身でさえ気づかぬほど一瞬であったが、怯んだ顔をした。

「言ってるだろう。依頼だ。ふざけてるのかただの楽しいのかただの少年は愚問ばかり口から出すが、あえてそれに答えるならばどちらも真であり、どちらも偽だ。なぜなら、これが小生の仕事なのだからな」

当然、男の物言いは思考や冷静さを失っている唯助に解されるわけもなく、怒りの炎に油を注ぐ結果となった。

「わけ分からねえ言い草しやがって、この野郎！　もういい！」

唯助はすっかりシワになった三八の襟を離すと、律儀に近くの娘へ飯代だけ払って勢いのまま飛び出していった。周囲が唖然《あぜん》とする中、音音だけが、

「唯助さん！　唯助さん！」

と小走りで追いかけていった。

実は、空模様が怪しいと見ていた彼女は、夫と唯助にさりげなく傘を持たせていた。唯助がその傘を置いていったので、彼女は傘を手に彼を追いかけた。

「いやあ、みんなすまんかった。小生もちと少年を追い詰めすぎたかな。あの年頃は扱いが易いようで難しい。ま、必要なら戻ってくるだろうし、我が愛妻ならそのへん上手く取り計らってくれるだろうさ」

残された三八は謝罪しているんだかしていないんだか、そもそも何があったんだか何もなかったのか分からなくなるような、独り言にもならない大きな独り言を言っていた。

――いつの間にか、唯助の帯から抜き取っていた菜花の根付を手にしながら。

「あの、お客様。私がハルですが、何か御用でしたか？」

「うん？」

三八が声のした方向へ視線を向けると、そこにはちょこんと小柄な、なんとも可愛らしい出で立ちの少女がいた。

結

——ああ、やっぱりか。

ハルから話を聞いた三八は満足げに笑っていた。

「あの、どうかしましたか」

「いんや、なんにもないよ」

三八はきらきら光る菜花の根付を手のひらで転がしては、じいっとそれに見入っていて、ハルはその様子を不思議そうに、あるいは奇っ怪に思いながら見ていた。

「娘よ、騒ぎを起こしてすまなかったな」

「いえ、それは大丈夫なのですが」

ハルは三八のなまっ白《ちろ》い顔から、菜花の根付に視線を移しつつ尋ねた。

「込み入った事情はお察ししますが、唯助ちゃんに何かあったんですか？　何を話していたのですか？」

「ああ、なんでもないさ。なんでもないことだ。じきに終わる。ここまで来れば、いよいよ大詰めさ。小生の仕事も八割は終わったと言っていい」

男のわけの分からぬ物言いに、ハルはことんと人形のような首を傾げる。三八はそんなハルの様子を見て、こう思ったのだった。

（この娘も可哀想になあ）

一方その頃、妻の音音は店を飛び出した唯助と共にいた。この時期は菜種梅雨《なたねづゆ》といって、油菜《あぶらな》が咲く頃で連日雨が降る。棚葉町の南端から町を抜けたところを歩いていた二人の周りは、開きかけの油菜畑に囲まれていて、空には鈍《にぶ》い灰色の雲がみちみちと並んでいた。

「すみません、音音さん。せっかくの外食だったのに、おれが台無しにしちゃって」

「構いませんよ。みや様のあの言動では、貴方が腹を立てるのも当然です」

唯助はちょうど頭上の雲のように、息苦しそうに、虚しげに沈んでいる。あっちゃこっちゃにはねた髪は汗で少しばかり湿っていた。

「ただ、唯助さん。みや様を庇《かば》うような発言にはなってしまいますが――」

唯助には音音の台詞が途切れ途切れに聞こえていた。耳の鼓膜が目の細かい笊《ざる》になったようだ。水の中にいるときのような薄い音だけが入ってきて、確固たるものはまるで入ってこない。

音音はそんな唯助に言葉を伝わせるように、彼の手首を掴んだ。

「あの方は仕事をきちんとこなす方です。一度引き請けた依頼を断るなんて、よほどのことがなければしません。ですからして、貴方のお悩み、貴方がその胸に抱えるものは、どんな形であれ、解決へと至ります。天才司書と言われる柄田様も信頼を寄せているのが、七本三八という貸本商なのです」

――解決？　解決だと？

唯助は辛《かろ》うじて、その言葉だけは捉えた。いや、他も一応聞こえてはいたのだけれど、憔《しょう》悴《すい》した彼にはその言葉に縋るのがせいぜいだった。音音はそれでも唯助に言葉を伝わせる。

「けれど、最終的にどう判断するかは貴方なのです、唯助さん。もし、貴方がみや様の手を必要としないのであれば、それでよいのです。去る客を追うなんて真似は致しません」

音音は傘の持ち手を唯助の胸へ近づけ、差し出す。唯助は傘の持ち手と音音の顔を数回交互に見る。それから、どこか躊躇われるような、袖を引かれるような気持ちで傘を取ろうとして、ああでも、これを受け取ったら返しに行かないとなあ、とやはり手を引っ込めた。

「もうすぐ雨が降ります。お使いになって。返さなくても結構ですから」

音音はもう一度、傘の持ち手を唯助に差し出す。どこまでも行き届いた心遣いに、胸からじわりと苦い熱が染み出てくるような気が、唯助にはした。唯助が傘を受け取ると、

「道中お気をつけくださいまし」

と、音音は桜の微笑を浮かべて去っていくのだった。

（……なに考えてんだ。あの野郎のところなんて、もう二度と行くか）

最後まで自分を気遣ってくれる音音には申し訳ないが、唯助はあの店主の男にだけは会いたくなかった。

未熟で、甘酸っぱいとは言い難《がた》い、まだ頬の赤い唯助が抱えるには酷な恋であった。

唯助が苦肉の策で、許嫁なんてものを作ってまで噛み殺そうとした想いを、あの男はまざまざと表面化させてしまった。

歳若い唯助にとって、七本三八はあまりに酷な存在であった。


「みや様」

棚葉町の南端にて、音音は夫の姿を見かけた。音音は彼の手で弄ばれていたそれに目を留

める。

「いつの間に」

「さっき掴まれた時に」

三八は根付の紐を摘《つま》んで、ゆらゆらと鈍い光を放つ細工の中身を覗いていた。

菜花を模した根付の花が幼く揺れている。音音は毎度のことながら、この人は何を見ているのかしら？　と、覗き込む彼の目を見ている（否、髪で見えないのだけれど）。だが、音音には彼の見る世界というものがまるで分からなかった。

「あれはな、『空想』だよ」

「空想、ですか？」

「そう。可愛いことだな、すぐに破れる空想なのがまたさらに愛《いと》おしいものだ」

「あいにく、音音はみや様ほど物分かりがようございません。もっと噛み砕いて教えてくださいまし」

「結論から言うと、ハルという娘には許嫁などいなかったんだよ。本人に聞いて確認した」

「では、なぜ唯助さんは許嫁がいるなんて嘘を？」

「嘘じゃないよ、少なくとも彼にとっては。ハルの許嫁とは、あの少年が作り上げて、いつしかさもそれが現実であるかのように錯覚していた『空想』だよ。『真剣に彼女を愛していて、仕事にも真摯で、おまけに男前ときた、本当によくできたお人』なんて、あまりにできすぎだろう。……それに、彼は恋話をさせられる以上に、身の上話をさせられることを嫌がっていた。それが何よりの証拠さ」

「つまるところ？」

「つまるところ。彼は現実逃避をしていたのさ」

＊

夏目唯助は、戦乱の時代から続く柔術流派・夏目流の分家で、兄の世助《よすけ》と共に育った。彼らは双子だった——茶髪も赤い頬も、頭の出来や柔術に至るまで、何もかもが瓜二つの双子。それゆえに二人を育てた父はたいそう困った。より優《すぐ》れた方を跡継ぎに選ぼうにも、双子は何にかけても瓜二つ。同じ人間が二人いると言ってもいいほど、あまりに似すぎた双子であった。

そんな双子だから初恋相手もまた同じなわけで、その相手こそなばな屋のハルであった。二人はまったく同時に、ハルに惚《ほ》れたのである。——しかし、二人一緒のこの恋は皮肉にも、仲の良かった双子に差をつけるきっかけとなった。

兄・世助はそれからというもの、めきめきと頭角を現したのである。弟・唯助が試合で勝つ回数は五分五分のところから六分四分、七分三分と日に日に減っていき、迷っていた父はそれにほっとしたとばかりに兄の方を褒めるようになった。

唯助は、残酷にも気づいてしまったのだ。今まで自分たち双子が瓜二つだったのは、単純に歩幅を仲良く揃えていただけ。幼子が真似っこして絵を描くのと同じく、世助と唯助もまた、仲がいいからお互いを真似っこしていたのだ。唯助は、最悪の形でそれに気づいてしまった。

意外にも、勝手が悪いことに、ハルが選んだのは弟・唯助のほうであった。容姿も、頭の出来も、性格も、他は瓜二つで、柔術の実力だけに差がある双子なのだから、実力が優れている兄・世助のほうを選んでしかるべきだったのに。ハルはあろうことか、実力で劣っていたはずの唯助に、想いを告げにきたのである。これがさらに、双子の関係を険悪にした。

世助は、唯助を虐《いじ》めるようになった。それは誰にも見られない、日陰でじわじわと痛め付けていくような虐めではなく、むしろ日向で正々堂々とする――圧倒的な実力差――という虐めであった。唯助の勝率はついに、零になってしまった。

唯助は律儀であった。ハルの想いに応えたいと願うがゆえに、十分に食わせることのできない甲斐性なしでは申し訳ないと、ひたすら柔術の鍛錬《たんれん》に明け暮れた。しかし、虚しいことに、哀しいことに、世助の実力はそれの何倍も強かった。いくら鍛えても唯助は勝つことができない。周囲も「師範代は兄の世助で間違いないだろう」と言葉にせずとも囁き合っていた。

――そうして唯助の心は、限界を迎えた。ありもしない『空想』に逃げ込み、さもそれが現実であるかのように錯覚したのである。

唯助は油菜畑をさまよっていた。勢いよく飛び出してきたはいいものの、自分の帰るべき場所にはもう帰りたくない。しかし、あの男のところへ戻る勇気もない。どこへ行けばいいのか分からない、迷い犬であった。

雨が降る。四月の雨は冷たくて、唯助の肌を次々に刺していく。傘は差さなかった。差す力など、今の彼にあろうはずもない。束ねた総髪をぐっしょり濡らして、力なく油菜畑をさまよっていた。

頭はほとんど何も考えられなくなっている。なのに、あの店主の男だけが脳裏から離れない。自分の醜い心を丸裸にされることを、人は嫌うものだが――七本三八という男はどうして、そんな嫌われることばかりをするのだろうか。純粋にそれが楽しいというのであれば極まった悪趣味であるが、『依頼は依頼だ』という三八の言葉がささくれのように引っかかる。

唯助はつい先刻の音音の言葉を、頭に残った『解決』の一単語から手繰《たぐ》って思い出した。

『貴方のお悩み、貴方がその胸に抱えるものは、どんな形であれ、解決へと至ります』

「どんな形であれ、か…」

ならばいっそ、なんでもいいと言えば、あの男は解決してくれるのであろうか。例えば、殺してくれと。そう頼めば、そうしてくれるのだろうか。それなら、それがいい。こんな苦しみを抱えて生きるなら、いっそ死んだ方がいい。唯助はふらふらと、残る力を振り絞って踵《きびす》を返した。

(行かなきゃ。旦那のところに、行かなきゃ)


なばな屋か七本屋か、探しに行くまでもなく、男は棚葉町の南側入口にいた。赤い蛇の目傘を差して、唯助が来ることを悟っていたとでもいうように、確信を持って立っていた。

「旦那」

傘を引きずり、唯助は三八に寄っていく。全身は既にずぶ濡れで、足は泥だらけで、なんともみすぼらしい姿に化けていた。

「あんたは、助けてくれるのか」

満身創痍《まんしんそうい》の唯助は雨に視界を邪魔されながらも、三八を見ていた。

「さてな。これは少年の譚だ。小生は少年の譚を読み解くことはできても、続きを勝手に創作《つく》ることはできんのだよ」

相も変わらず、よく分からない物言いばかりの男だ、と唯助はなけなしの思考力で思う。

もう、限界だった。足が重くて、全身が冷たくて、心なしか息も苦しくて、唯助はその場に膝からガラガラ崩れた。

「おれ、頑張ったんですよ。ハルさんの気持ちに応えたくて、ちゃんと幸せにしたかったから、必死に鍛えたんです。でも全然、何回やっても兄貴に勝てないんです。道場を継げなかったら、柔術しかやってこなかったおれは、何をして生きていけばいいんですか」

地面しか映せなくなった視界が霞《かす》んでいく。喉が絞まっていくようだ。

「ハルさんにも、言ったんです。おれじゃなくて、兄貴のほうがいいって。幸せになれるって。でも、全然なびいて、くれなかった。弱くても、幸せになれなくても、おれのほうが、いいって、離れて、くれなくて、」

唯助は、そのまま泣き出した。頭を泥につけて、慟哭《どうこく》した。

ハルに恋をしてから、初めて泣いた。

「そうか、そうか」

泥に沈んだ唯助の頭を、三八の生温かい手が撫でる。濡れた髪の流れを崩さぬよう、我が子のごとく撫でる。その生温かさが、今の唯助には救いの手に思えた。蛇のような男なのに、今はまるで菩薩《ぼさつ》のようであった。

「少年。物語には起承転結というものがある。譚本たちにもしっかりと起承転結があるのだが、それは大本たる譚に起承転結があるからだ。少年は今、起承から転までは揃えた。残るは『結』のみだ」

撫でる手が離れて、唯助は顔を上げる。泥だらけで雨まみれの、本当に酷い顔だった。

「夏目唯助。小生は君に問わねばならん。承《うけたまわ》った者として、読み解く者として、なにより作家として、問う義務がある」

――君の譚の『結』とはなんだ？

みっともなく泣きじゃくる唯助の瞳の前で、菜花を模した根付が揺れる。一体なぜ三八がそれを持っているのか、考える力はなかった。返して、と言う気も起きなかった。幼げで可愛らしい黄色の細工が、鈍く光って虚ろな様子で揺れている。

「おれは、おれは……ハルさんが嫌いだ。兄貴が嫌いだ。ハルさんは、おれの気持ちを聞き入れてくれなくて、そのせいでおれは兄貴に恨まれて、逃げたくても逃がしてくれなくて」

ハルや兄だけではない。父も、周りの門下生も、親戚も、なばな屋の娘たちも、今の唯助にとっては何もかも憎らしかった。しかしそれは、憎めど憎めど届かない、ただ唯助の中に募って、彼を蝕《むしば》んでいくだけの虚しい憎悪だった。

「消してしまいたい。何もかも、一切合切、塵《ちり》一つ残さず」

兄と仲良くしていたかった。父に一緒に褒められたかった。こうなるくらいなら、いっそハルがいなければ良かったのに、と思った。もしくは兄が最初からいなければ、ハルを幸せにできたのだろうか、と思った。けれど、二人とも大好きだった唯助にそんな選択肢はない。

——ならば、他に取るべき選択肢はたった一つだ。

「重ねて問おう、夏目唯助。君は、どんな『結』を願う？」

三八の問いかけに、唯助はあっさりと、実にさっぱりと明快に、答えを出した。

「夏目唯助《おれ》を、消してください」

「解《かい》した」

揺れる菜花の根付から、光が漏れ出した。

可愛らしい細工はほつれ、金色に透き通る糸に姿を変えた。

唯助の体を、温かい風が包む。

それは金の風であった。

光り輝く金の雨粒であった。

だんだんと、濃く深く紡がれていく金の糸の眩《まばゆ》さが、辺りを、唯助を照らしながら、三八の手に集まっていく。

糸が三八の手の上で何かに編まれていく。

風はなおも吹き、三八の揺れた髪の隙間からほんの一瞬だけ——若草色の瞳が覗いた。

——なんて美しいんだろう。

唯助はその様《さま》に、魅了されていた。

恋をしていた。

勿論、そこに変な気はないのだけど、唯助は間違いなくその瞬間から、七本三八という男に強く惹《ひ》かれていた。


——唯助は、気を失った。

＊

「具合はどうですか、唯助さん」

「もうすっかり。全快です」

水銀体温計の目盛りを指さして、唯助は笑う。その様子に音音は安堵したようだった。

「一時はどうなるかと思いましたよ」

「すみません。でも、音音さんの飯のおかげでなんとか治りました」

「それは良かった」

たまご粥《がゆ》をぺろりと食べ切った唯助の頬には、赤みがすっかり戻っていた。

というのも、唯助は雨にずっと打たれていたせいで風邪になり、ここ数日間は寝込んでいたのだ。あの日、夫に言われて先に七本屋に帰っていた音音が、後に帰った夫におぶわれた唯助を見て驚いたのは言うまでもない。顔面蒼白、体は冷え切り、額に触れれば酷い熱を出していた。

「もう二度と雨の中をほっつき歩いたりしないでくださいね。風邪を拗《こじ》らせたら大変なことになるのですから」

「はぁい。すんません」

ちゃんと懲《こ》りてるんだか懲りてないんだか、笑いながら返事をする唯助に、「もう」と音音が頬をふくらませる。

そういえば、と唯助は窓の外を見た。

「咲いたんですね、菜の花」

「ええ、綺麗に咲いておりますよ」

窓の外で、子供たちが菜の花を片手に遊んでいる。花びらをもいで水盆に浮かべてみたり、童歌《わらべうた》などを歌いながら枝を振り回したり、少し大きい子供などは背負った赤子をあやしていたりもしていた。

なんとも平和で平穏な、温かい四月下旬である。

「旦那は今、何しているんです?」

「一階の書斎におりますよ。なんでも貴方の譚本が会心の出来だったそうで、最近はご不調みたいです」

「ええ? あれが?」

唯助は顔を顰《しか》めた。正確には顔を顰めてみせた。あんな譚のどこがいいのやら、と他人事のように頭をガシガシ掻いていた。

「旦那、入ってもいいですか?」

襖の向こうから「おお」と紙風船のようにやる気のない声が返ってきた。襖を開ければ、三八が書きかけの原稿用紙を広げた文机の上に突っ伏していて、どうやら音音の言っていたことは本当らしいと唯助は頷いた。

「うわあ、すごく散らかってるじゃないですか」

部屋の床は本やら玩具やら絵巻やらで埋め尽くされ、足をどこに置けばいいのか分からない状態だ。しかし、三八の髪の乱れっぷりと苦悩ぶりはそれ以上であった。

「少年。小生は今やるせない気持ちでいっぱいだぞ。なぜあんないい譚を持ってきてしまったのだ。小生の空想なぞがあれを越えられるものか。ああ、ああ、つらいつらい。まったくもって懊悩煩悶《おうのうはんもん》、思案投首《しあんなげくび》ここに極まれりだ。どう責任を取ってくれる」

そんなことを言われても、唯助にはどうしようもない。何やら恨みがましい目を向けてくる三八に、唯助は「困りましたね」と笑って返す。

「というか、旦那も自分で書いてたんですね、譚本」

道理で難しい言葉がぽんぽん出てくるわけだ、と唯助は三八の手元を覗き込む。作家の生原稿など滅多に見られないものだから、興味が湧いたのだ。

「……ん？　そういえば旦那。前に言ってましたよね、譚本の核は物語を綴った原稿用紙だって。じゃあ、おれの譚本はどうやって紡いだんです？」

夏目唯助の譚から紡がれた譚本――即《すなわ》ち、あの時の美しい金の糸で編まれたその譚本は『菜種梅雨』と名付けられたのだという。

「別に原稿用紙だけが核になりうるわけじゃないさ。当事者の譚を内包したモノならなんでもいい。むしろ、そちらを使ったほうがいい譚本ができるというものだよ」

「じゃあ、『菜種梅雨』の場合はあの根付が核になったってことですか」

「そういうこと」

確かに、あの根付は核にするにはこの上なく相応しい代物だろう。当事者である夏目唯助が恋焦がれた少女に贈るはずだった、菜花の根付。少しずつ貯めた金で買ったその根付は、きっと彼女に似合うだろうと見繕った物で、兄と対峙している間もお守りのように肌身離さず持っていた。結局、兄には勝てないままだったし、当の少女にも渡せないままだったけれど。

「当事者の物を使って本を紡ぐのが小生なりのこだわりだからね、実話から本を紡ぐ時はできるだけそうしているんだ。しかし、昨今は実話の譚本を紡ぐ作家が減ってきてしまったな。核になる物を探すのすら面倒がるような作家が多いみたいで。寂しい話だよ」

まったく嘆かわしいとばかりに重たい息を吐く三八。悩みごとなど欠片《かけら》もなさそうな変人ではあるが、やはり彼は彼なりに悩みが尽きないようだ。

話題がひと区切りついたのを見計らって、唯助は手近に投げられていた物を退《ど》かすと、そこへ正座した。

「旦那。あんたのこと、人をおちょくる酷い奴だって誤解してました。おれのことを助けようとしてくれてたのに、すみません」

唯助は律儀に謝罪し、頭《こうべ》を深く垂れた。対して三八は「うん？」とその姿に僅かばかりの驚きを見せている。

「少年、それは買いかぶりだ。言っただろう、興味が湧いたと。いい譚だと。骨の髄までしゃぶり味わわせてもらうと。単に少年の持っていた譚を読み解き、本に紡ぎたかっただけだ。小生はそういう男だよ」

「でも、音音さんが言ってました。旦那は仕事をこなす人だって。柄田さんにも頼られてるって」

正直、唯助自身にはまだ信じられない部分もある。というのも、この男はあまりに不遜で、無遠慮で、奔放で、奇天烈《きてれつ》で、つまりは『ろくでもない性格』である。妻の音音はともかくとして、あの真面目そうな眼鏡の司書が、このろくでなしの男と懇意にしているとは思いがたい。

三八もまた、それについては横に首を振った。

「柄田は頼っているのではなく、小生の性分を利用しているに過ぎないよ。面白い譚と見れば根掘り葉掘り真の髄まで読み解かんと欲する小生、厄介な譚を本にし必要なら回収して管理するのを仕事とする柄田。つまり利害の一致なのさ。ただ、今回の件に関しては、あの柄田も少年に感じるものがあったのだろうさ」

「え？」

「柄田が小生に回す依頼の大半はな、まさに悪鬼羅刹《あっきらせつ》のごとく猛り狂う、複雑怪奇で一触即発な譚だ。だから、少年の持っていたような『いい譚』の依頼を奴が寄越すのはごくごく稀《まれ》なのさ」

「はあ。いい譚ってなんですか。おれにはとてもそうには見えないんですが」

やはり他人事のように、唯助は顔を顰めた。顰めてみせた。

あれは言ってしまえば愛憎劇だ。周囲からの愛憎に苦しみ抜いて、消えたいと願った、不憫《ふびん》な少年の譚である。そういった湿っぽい譚が嫌いな唯助にはどうにも受け入れ難い。もっとこう、清らかで美しい恋愛を、もしくは兄弟愛を繰り広げてほしかったのに、全てが悪い方向へ作用し、盤根錯節《ばんこんさくせつ》の様相を呈していた。

「いい譚の基準なんてものは人それぞれだが、小生のそれについて言うならば……まあ、ぶっちゃけなんでもよいのだよ」

「なんですか、それ」

「言葉通りだ。小生の心に響けばそれはいい譚なのだ。恋い慕った娘と、心身を分け合った双子の兄。その両方で板挟みになった優しい少年の想い、しがらみ、悲劇。悲しくも美しい愛ではないか。君から譚の匂いを感じ取ったとき、小生は作家の威信にかけてでも、君から譚を引き出して本に紡がなければと思ったよ」

「はあ、そんなもんですか」

他人事のような返答だった。それもそのはず、唯助の中の〝夏目唯助〟の譚は終わりを迎え、願いのままに消えた。初恋の少女に対する煩《わずら》わしさも、兄に対して抱いてしまった悲憤も、自分たちを引き裂いた夏目家への怨恨《えんこん》も。その全てが終結し、三八によって引き出され、一冊の本へと姿を変えた。断ち切った譚に対して感じることはもう何もない。唯助はもう、ただの『唯助』なのだから。

万年筆を弄びながら話している三八に、唯助はもう一つ要件を述べた。

「旦那、一つお願いがあります。おれを、ここで働かせてくれませんか？」

三八は万年筆を指でくるくる回すのを止めて、

「ほぉん？」

と、唯助を興味深そうな目で見る。いや、髪に隠れて目は見えないから、本当に興味があるのかは分からないのだが。

「おれは生まれてこの方、柔術ばかりやってきてるから、本のことに関しては世間一般よりも知らない。いっそ無知に近いです。けど、おれは旦那の紡ぐ譚本をもっと見たい、いや、譚本を紡いでいく旦那をもっと見たい」

唯助は夏目の名を捨てることで、『夏目唯助』と訣別《けつべつ》した。『彼』について思い残すことはもう何もない。しかし、強《し》いて言うのであれば、唯助は『彼』が見た最期の光景だけは忘れられずにいた。

金の糸から一冊の譚本が編まれていく様、その美しさ、筆舌に尽くし難いその魅力——唯助は目覚めてからずっと、それに恋焦がれていた。

「そのためならなんでもやります。おれにできることがあるなら、精一杯やらせてもらいます。お願いです、旦那」

唯助は再度、頭を下げる。畳に手をつき、頭も畳につかんばかりに、深く深く頭を下げた。つまり、土下座だった。三八にしてみれば、そんな要求など甚だ想定外だったわけだが、

「ふーん」と鼻を鳴らすと、

「少年」

と呼びかけた。

「君はきれいさっぱりなただの唯助だ。ここに来たいというのであれば、小生が名をつけてやろうと思うのだが、それは少年にとって受け入れられるものなのかな?」

つけてやろうなどとは随分と高慢ちきな物の言い方であるが、唯助はそれに怒ることなく、ただ、

「勿論。むしろ光栄です、旦那」

と顔を上げて、期待に満ちた目で三八を見るのであった。

三八はにやりと笑って万年筆の蓋を取ると、一筆箋《いっぴつせん》を一枚取り出し、さらさらと書きつけた。唯助は紙を両手で恭しく受け取り、その名を口にする。

「……『菜摘芽《なつめ》』？　これは、つまり」

三八は笑みを深くする。

「芽吹いてゆけ、少年よ。芽吹いていればいつかは花が咲き、実を結ぶ。君の名はそういう名だ」

唯助はその名をじいっと見つめる。整った行書体やら、紙の匂いやら、窓から入る風の音やらを、全て自分の中へ刻み込む。じっくりと、奥まで、満遍なく、染み渡るまで、心に刷り込む。

「どうだ、少年」

「ありがとうございます。大事にします」

少年・菜摘芽唯助は、たいそう嬉しそうだった。たいそう満ち足りた顔だった。赤い頬を

高くして、花咲くように笑っていた。三八もそれを慈《いつく》しむように、なまっ白《ちろ》いにやにや笑いで返す。

「少年、小生は君に興味が湧いた。それこそ、根掘り葉掘り真の髄まで、余すことなくしゃぶって味わい尽くしたいほどに興味が湧いているのだ。だから、君が創作《つく》っていく譚を小生に読み解かせてはくれないか」

唯助はぽん、と軽く頭を叩かれたような気持ちになったが、すぐに笑って、

「読み解かせてくれないかって、随分と下手に出るじゃないですか。逃がしはしないぞ、とは言わないんですか」

と切り返す。意表を突く唯助の回答に、三八は手を叩いて笑い――

「確かに、小生としたことが。これは一本取られた」

いやまいったまいった、と爽快そうに膝を叩いた。

「勿論。お気に召したその時は、旦那の手で紡いでください」

「言われずともそうさせてもらうさ。菜摘芽唯助」

「はいっ！　これからよろしくお願いします！」

唯助はまた頭を下げると、そのまま小躍りしそうな足運びで書斎を後にした。

それと入れ替わりに、頃合いを見た音音が反対の障子《しょうじ》を少し開けてひょこりと顔を出す。

「みや様、あまり部屋を閉め切ると気分が悪くなります。お外の風が気持ちようございますよ」

「おお、すまんな。ありがとう、音音」

　音音が大きく障子を開けると、窓から流れ込む春風が部屋をゆっくり満たした。

「なんだか機嫌がよろしゅうございますね。何をお話ししていたのですか？」

「いやなに、まっこといい譚だと思っただけさ。まさか少年が店員第一号になるとは、稀代《きだい》の文豪と呼ばれた小生とてさすがに予想できなかった。まさに空前絶後の奇縁良縁、秀逸で屈指の傑作だ」

「まあ、それはそれは。今日はちょうど鯛飯《たいめし》にしようかと思っていたところです。唯助さんも回復なされたようですしね」

「それはいい。春にふさわしい、めでたい門出飯《かどでめし》ではないか」

　春風がさらりと夫婦の髪を撫でる。風に乗ってどこかから、幼げな黄色の花弁が部屋にひとひら流れ込んだ。

五月『ぎいぎい』

一

若者が立っていたのは、棚葉町東端にある貸本屋・七本屋の屋根の上だった。

赤い頬に、焦げ茶の瞳、まだ幼さの残る顔立ち。少し珍しい茶髪は一つに結い上げていて、大昌の世に生きる若者にしては随分と古風な、時代の波に一つ二つ逆らうような、古くさいというよりいっそ小粋《こいき》な立ち姿であった。

若者——菜摘芽唯助は先月末に新しく加わった、七本屋の店員である。実家である夏目家と縁を切り、全てを捨てて新たに名乗っている『菜摘芽』は、この店の主・七本三八より賜《たまわ》った大事な名だ。

「姐《あね》さん！　屋根の瓦、直しておきました」

「ありがとうございます、唯助さん。助かりますわ」

唯助は屋根から羽根一枚が落ちるかのように軽々と飛び降り、軒下《のきした》へ着地する。

「ではここいらで休憩といたしましょう。いむろ堂の柏餅《かしわもち》がありますよ」

「お、やった！」

赤い頬を高くして、唯助は心底嬉しそうに笑った。そんな無邪気な笑顔を慈しみ微笑んでいるのは、ここの店主の妻・音音である。素肌は白粉《おしろい》をはたいたように色白で、リボンで結った豊かな黒髪を揺らし、背丈は唯助よりも高く、手足は細長く、少々歪ながらも見れば見るほど心落ち着く不思議な佇まいであった。

唯助も音音も、周囲と比べて少しばかり変わった様相であるが、この七本屋の中でなによりも変わっているのは、ここの主たる七本三八その人である。が、とりあえず今は、それを脇に置いておくことにする。


柏餅を齧り、口の中が甘くなったところで緑茶を流し込む。音音が用意しただけの餅とお茶なのに、どうしてこんなにも美味く感じるのだろう。ここに来てからというもの、食べる物全てを一秒ごとに美味いといちいち意識してしまう。唯助のこれまでの人生にはなかった経験だ。

「はあ、美味《うめ》え。姐さんのお茶が美味えよお」

「まあまあ、お茶でそんなに喜ぶなんて。おじいさんみたいですよ」

音音は可笑《おか》しそうにくすくす笑うが、唯助がいちいち感激してしまうのも、音音の気配りと料理の腕があってこそのものだ。大事に食べていた柏餅の最後のひと欠片を口に放って緑茶を飲み干すと、唯助はふと呟いた。

「ここって譚本だけを取り扱ってますけど、なんで術本は置かないんです？　こう言っちゃなんですが、今の世の中では厳しいんじゃ……」

唯助の言う通り、文明の進化を急ぎに急ぐこの世の中では、知識と技術の結晶たる術本のほうが持て囃《はや》されており、逆に娯楽として嗜む譚本は急速に廃れていた。それは、この七本屋の閑散ぶりを見ても分かる通りだ。たまにやってくる客のほとんどは術本を求めて尋ねてきており、ないと分かると落胆して帰っていくのを、唯助は既に何度も見ている。

書店が多く立ち並ぶこの棚葉町で唯一、譚本だけを取り扱う七本屋は異端とされていた。

「確かにそうなのですが、みや様はあまり術本を好まれないのですよ。いえ、というよりも、譚本だけを扱うことに意義を見出してらっしゃるのです」

家事を一旦終えた音音は唯助に対面して座ると、さてどう説明したものか、と少し間を置いてから口を開いた。

「唯助さんは身をもって知っていることかと思いますが、譚本というものは人の想いや空想、大事な記憶などが込められているのです。同じ人ですから、読み手にもまた、そういった目に見えない感慨を与えることができます。千言万語《せんごんばんご》を費やしても表現し難い、奥深いものなのです。みや様は譚本のそういった趣深さを好まれますし、それらを軽視する世間の目を嘆いておられるのですよ」

「じゃあ、この店のあり方ってのは、旦那のその思いから?」

「ええ、少なからずあるのでしょう。譚本好きが高じたからでもあるでしょうし、世の流れに倣うのが面白くないのもあるのかもしれません。あの人は変わってますから」

「あ、姐さんでも変わってるって思うんですね」

七本三八という男の何が変と言われれば何もかもが変なのだが、譚本に対しては他に類を見ないような執着を見せる、という点については際立って変だと言える。大衆とは真逆に、三八は譚本にばかり目を向け、本にしたくなるようないい譚は転がっていないかと、飢えた犬のごとく嗅《か》ぎ回っている男だった。

「でも、みや様はお優しいですよ。それに、すごいお方でもあるんです」

「誰がすごいって?」

「ひゃあっ!」

突然、音音の背後の扉から男の顔がぬるりと出てくる。その顔面の半分は理髪師すら櫛《くし》を投げたという酷い癖毛で覆われており、初対面なら八割が妖怪と見まごう見た目をしている。この男こそ、七本屋の店主・三八だった。

「ああ、旦那。瓦の割れたところ、修繕しておきましたよ」

「おお、そうか。ありがとう、唯助。大変だったろう」

「いいえ、これくらいは造作もないことですよ」

実際、唯助にとって高いところへのぼり移動することは、平地の水溜まりを避けて歩くのとそう大差ないことであった。身の軽さと腕力にかけては自信があるし、それでこの夫婦の役に立てるならば安いものだ。

「旦那にしてもらったことを思えば、まだまだ足りないくらいです」

「おいおい、対価は既に十分貰ったと言ってるだろう」

「それじゃ俺の気が済まないって言ってるんです」

対価、というのは、唯助の譚から三八が紡いだ譚本『菜種梅雨』のことである。音音によれば会心の出来だったそうで、三八本人も「いい譚だいい譚だ」とたいそうご満悦なのであるが、唯助からしてみればいまいちそれが分からない。あんな湿っぽい譚のどこがいいのやらと思うばかりだ。三八が満足ならそれでいいとは思いつつも、唯助は三八に感じている恩を返しきれた気にはなれないのである。――というのも。

「夏目家と無事に縁を切ることができたのは、旦那のおかげなんですよ。当初の予定通りにおれが行っていれば、きっと面倒なことになっていたでしょうし」

　自分の尻は自分で拭《ふ》くべし、ということで、唯助は七本屋で働くことが正式に決まったその日、自ら夏目家に赴いて絶縁を宣言しに行くつもりだった。それを止めたのが三八である。曰《いわ》く『君が行けば嫌みを言ってきたり因縁をつけたりしてくるに決まっている。こういう時は大人を賢く使いなさい』と。

「一体、なんて言って夏目家に縁切りを承諾させたんです？」

「簡単だよ」

　三八は大仰に胸を反らすと、

「『この家の次男はこの七本三八が貰い受けた‼　諸君らに代わりこの小生が！　せいぜい可愛がり大事に育ててくれよう、ぬぁはははははは‼』」

　と高笑いして見せた。

「まあまあ、みや様ったら。随分と面白おかしく啖呵《たんか》を切ってきたのですね」

　音音がころころと笑う横で、その流れにまだついていけない唯助は、

「……ええと、今のは冗談ですよね？」

と、念のために確認する。普段の言動からすると、単に冗談を言っているだけなのか実際

にやってきてしまったのか、この男の場合よく分からないのである。ゆえに、こんな馬鹿馬鹿しい確認をしてしまうのは仕方のないことだ。

「勿論、冗談だよ。きちんと大人同士の礼儀作法に則《のっと》っておど——交渉してきたのさ」

「今、『脅した』って言いかけませんでした？」

「子供はそんな些事《さじ》など気にしないものだよ」

ああ駄目だ、これは何を言ったところで本当のことは教えてくれないだろう。唯助は追及を諦め、それまでの話題に戻した。

「そういえば、旦那は店で術本を扱おうと思ったことはないんですか？　今、姐さんとその話をしてて」

「ああ、術本か。その質問、客に幾度となくされたものだ。正直に答えれば小生の首がいつ何時《なんどき》ぽとりと椿《つばき》のごとく落っこちるかもしれんから黙っていたが、まあ、唯助にならば教えてもいいか。ひとたび聞いたらば口を紐で括っておけよ。今度は大人から投石されて、屋根の瓦どころか、窓を故意に割られかねんからな」

「分かってますって」

唯助はそろそろ慣れてきた三八の長ったらしい前置きを受け流す。

「正直、小生には術本が薄っぺらいものとしか思えなくてな。譚本を読んだ時に得られる筆舌に尽くし難いあの味わいや感慨や趣というものが、術本にはまるでないのだ。かといって術本が悪いとは言わないし、術本作家とて今まで培《つちか》ってきた知識を発露させているのだから、相当な努力をし勉強をしそこに至っているという点においては心底敬服する。これを必要とする人間たちの心理も分かるし、実際小生も術本を便利に使った試しがあるから、術本を貶《けな》す資格などありはしない。だが、気に食わんのはこれが正義とばかりに術本だけを持て囃し、神のようにありがたがり、本質的にはなんにも分からないくせに、術本だけを盲愛する人々だよ。さもしいし、虚しいではないか」

「じゃあ、譚本だけ扱うのは、それに気づいてほしいからですか？」

「半分正解だな。譚本の地位が少しでも回復しそれを嗜む者が増えるならば、小生としてもこの店を営む意義をより強く感じることができる。しかし、世の考えを改めてやろうという高慢な気概であると曲解されるのは不本意だし、かといって意固地になっていると言われてもそれはそれで否定できん。一石を投じる役目ができたなら、それは冥利《みょうり》に尽きるというものだがな」

「なるほどなあ」

長いなあと思いつつ、唯助は要所要所を噛み砕いて嚥下《えんげ》する。

「ところで音音、小生は疲れた。音音の髪の触感も柔肌の感触もその香りも唇の味も全てにおいて著《いちじる》しく不足している。ゆえに、今すぐ抱っこを所望する」

「今すぐですか？」

三八のあまりに露骨で羞恥の欠片もない訴えに音音があわあわしていると、その間にも三八は彼女の細指を絡め取り、腰を絡めとり、蛇のようにぴったりと巻きついた。

「い、唯助さんの目の前ですよっ」

音音の抵抗など意にも介さず、三八は彼女の頬に擦り寄る。それを見て耳まで赤くなった唯助は、頼むからもう少し恥じらってくれと目を逸らしながら、

「おれ、本棚掃除してますね」

と、店の本棚のほうへそそくさと逃げた。


本棚の掃除など朝の時点で既に終わっていたのだが、あの二人が存分にイチャつき気が済むまで睦言を交わすのを待っていると、甘い空気に耐え切れず胸焼けを起こしてしまう。落ち着くまで店の譚本でも読んでいようと、唯助は本棚から一冊手に取った。

そこには『漆本蜜著』と記されている。名はなんと読めばいいか分からなかったが、この作家の譚本に唯助は不思議な魅力を感じていた。恋愛譚も怪談も漫談も関係なくするりと読める語り口。音音や三八が口にしていた、目に見えない趣というものも、分かるような気が

する。譚本どころか、術本さえもほとんど読んでこなかった唯助が、初めて取りつかれた著者であった。それこそ、七本屋においてあるこの著者の本だけは全て読破してしまったほどだ。

（……そういえば、あっちにもまだあるよな）

唯助は先ほどまで三八がいた、店の奥にある本棚へ目を向ける。臙脂色《えんじいろ》の暖簾がなんとなく近寄りがたくて今まで入ったことがない、唯助にとっては未知の場所だ。もう店員になったのだし、もしかしたら自分の読んでいないあの著者の譚本もあるかもしれないし、多少覗くくらいはしてもいいだろうか。唯助は居間の二人がべたべたイチャイチャしているのを確認して、そっと暖簾に手を伸ばした。

「ッいたっ⁉」

手を伸ばして、指先にほんの一瞬だけ激痛が走った。驚いて引っ込めた手を確認してみるが、傷は付いていない。激痛が走った瞬間だけ、ぱちっと小さく何かが弾ける音も聞こえたはずなのに。

「こら、唯助。そこは駄目だ。そこは小生しか入れぬ秘密の場所なのでな。危ないぞ」

「す、すんませんっ！」

居間から聞こえた三八の声にぴんと背を伸ばして、唯助は暖簾から遠ざかった。

（なんだ、あれ。指が一瞬裂けたかと思った）

もう一度、唯助は指をよく見てみるが、やはり指には一点の傷もなかった。それが余計唯助には不気味に思えたたし、臙脂色の暖簾に今後近寄らない理由にするにも十分であった。

＊

「すみません、唯助さん。いっぱい買い込んでしまって」

「いいんですって、気にしなくて。男手があるんですから頼っちゃってください。ところで、今日の夕餉《ゆうげ》は何にするんです？」

「そうですね、少し遅くなってしまいましたし。挽肉《ひきにく》が手に入りましたから、早く食べられるように、つみ入れにしようかと。長葱《ながねぎ》も大きめに切って、一緒に煮てしまいましょう」

「お、いいですね。楽しみです！」

唯助は足取り軽く、調子よくリズムに乗って歩き出す。それを微笑ましそうに見る音音と合わせて、茜空《あかねぞら》の下の二人はさながら姉弟のようであった。

烏が唄《うた》い帰る、そんな夕時である。

気分よく、通りを歩いていた時――

「ん？」

初めに気づいたのは唯助であった。歩みを止めた唯助に気づいて、音音もまた立ち止まる。

「どうかなさいましたか？」

「いや、あの子……」

唯助が視線で示す先には、子供がいた。路地の影で丸くなり蹲《うずくま》った、子供であった。

「まあ、具合が良くないのかしら」

「親御さんは近くにいないんですかね」

もう少しすれば日は完全に沈んでしまう。烏も寝床に帰るような時分だというのに、親はどこにもおらず、子供だけがそこに蹲っていた。

「おーい、大丈夫か？」

「ひっ」

蹲っていた子供が、唯助の声に驚いて振り返る。その大福のようにふっくらもちもちした頬やら、鼻の小ささやら、目の大きさやらを見て、唯助の直感は子供を大体二、三歳くらいであると推定した。

「どうしたんだ？」

唯助はその場で膝を折り、目線の高さだけ子供に合わせる。子供はどうやら泣いていたようで、顔全体が夕焼けの赤い分を差し引いても真っ赤になっており、産毛《うぶげ》がふわふわした頬は涙で濡れていた。

「う、う」

相当長い時間泣いていたのか、少し苦しそうに洟《はな》を啜《すす》っている。しかし、どうやら唯助が話しかけたことによって落ち着きを取り戻しかけているらしく、子供は、

「かっか、かっか、いない……」

と、母親とはぐれたことを訴えてきた。もう日は地平線に片足をつけていて、ガス灯にも灯りがともる頃だ。なのに、母親は辺りを見回してもいない。否、それどころか、唯助と音音以外の人影などひとつも見当たらない。とにかくなんとかしなければと、唯助は子供を呼んで手招いた。

「おいで、おいで。そっちは危ないよ。兄ちゃんのとこにおいで」

いつもの溌剌《はつらつ》とした声はどこへやら、優しげな声に変わった唯助を見て、音音はその手際の良さを意外に思う。

普段の唯助といえば、三八を慕って周りについており、音音のことも姐さんと呼んでいる。夫婦のことを雇用主とその奥方というよりも、親や姉と見て甘えているような印象だ。

ゆえに、親を探すべきか保護を優先するべきか、数秒迷っていた自分とは違い、迷うこと

なく子供に合わせた的確な言葉で話しかけ、子供の保護を優先した唯助の判断に驚いていた。

子供は唯助を数秒見つめてから、そろそろと彼のほうへ近づいてきた。足元までくると、唯助はにっと笑ってみせた。

「よしよし、もう大丈夫だからな。お名前はなんていうのかな？」

「……ちゆ」

「チユちゃんか。チユちゃん、迷子になったの？」

「うん。かっか、いないの」

「そっか。とりあえず、暗いところにいるのは危ないぞ。兄ちゃんが一緒にいるからな。とにかく、チユちゃんのかっかを探さないと」

「うん」

優しげに話しかける唯助のことをとりあえず信用した子供は、彼の着物を木の葉のように小さい手できゅっと掴んでいた。

棚葉町の夜は、何かが蠢く夜でもある。かつて三八からそう教えられていた唯助は、町が闇に包まれる前に、どこか明るい場所を目指して歩いた。

二

「……なんだ。これは」

音音と唯助の帰りを出迎えるなり、三八は激しく動揺した。声を震わせていた。肩を震わせていた。

「あの、旦那。これには深いわけが」

「聞かん」

「えっ」

「聞かんぞ、唯助。小生はまさか君がそんな不埒者《ふらちもの》であるとは思わなかったぞ。そんな深いわけなど聞きたくない。まさか、まさか……」

三八の肩からは着物がずり落ち、ふらふらと目眩《めまい》を起こして——次の瞬間には頭を抱えて、

「認められるものかぁぁぁ‼　我が愛妻といつそのような関係になったのだぁぁぁ‼」

と絶叫した。くたくたになった蛇の抜け殻のようにやる気のない男のどこから出てきたのだと言いたくなるような絶叫である。

「誤解でございます、みや様！」

まるで子供に振り回された狗尾草《えのころぐさ》のように癖毛をぐるぐる振り乱す夫を、音音はあわあわと止めに入る。

三八の暴れようはどうにも大袈裟《おおげさ》であったし、本人も誤解であるのは分かった上でのくだらない茶番だった。しかし、傍から見れば、その茶番劇に至る要素もあると言えばある——唯助の腕にちょこんと抱えられていたのは、大福餅のようにもちもちとした、まだ二、三歳の幼女である。唯助の着物にひしとしがみつき、彼を「いしゅけ」と舌っ足らずに呼んでいるその姿は、この世の誰もが微笑んでしまうような愛おしさだった。だが、三八は何を勘違いしたのか、否、してはいないのだけど、そういう体《てい》で唯助に飛びかからんとしていて、音音はそれを抱きつくことで押さえていた。

「おのれ唯助ぇぇ‼　許さんぞ‼　小生が音音をどれだけ深く、それこそ海の底より深く、砂漠よりも広く愛しているか知っておきながら、このような行為に及ぶなどその気が知れぬし、小生は納得せんぞぉ‼　小生は今、身を引き裂かれ、骨身を劈《つんざ》かれるような絶望にさらされている‼　この恨みはらさでおくべきかぁぁ‼」

「ですから誤解です、みや様ぁ〜っ！」

はらさでおくべきか、なんて今どき幽霊でも言わないだろうに。第一、そんな茶番が自分たちには通じても、二、三歳の娘に通じるものか。

「そのへんにしとけ！　チユが怖がってんだろ！　あんたもちったぁ子供のことくらい気遣えってんだ！」

今にも泣き出しそうなチユを庇い、怒った唯助が声を張る。すると、三八は暴れるのを瞬時にすっぱりやめ、

「そうか。ならばやめよう」

と、何事もなかったかのように普段の姿に戻った。この男、周りを振り回さなければ気が済まないのであろうか、と唯助は深い深い嘆息を漏らした。

「で、その深いわけとやらを聞こうか」

「最初からその姿勢で聞いてくれ」

「なに、怒ってみせるのも読み手を楽しませる芸の一つだろう」

「あんた、こんな小さな子に何言ってんだ」

唯助はチユの震えが鎮まるよう頭を撫で、背中をさする。それを覗き込みながら、三八はいまだに唯助の胸に顔を埋めている幼女に話しかけた。

「やあ、すまんかった。許してくれ、娘よ。ほんの戯れなのだ」

三八は、口調も普段のひょうきんなものに戻っていたのだが、チユは怯えて、彼を見よう

とさえしなかった。第一印象からして最悪だったのだし、子供が一度怖い思いをして抱いた警戒心を解くのは容易ではない。それくらい、奇怪千万なこの男であっても予想はつかないものか。ただでさえ怯えた子供にならば気遣いの、せめてひと欠片くらいは向けてもいいだろう、と唯助は思うのだが。

「おおい、一目でいいからこっちを向いてはくれんか？　なあ」

だというのに、あろうことか、いやこの男ならやりかねないことではあるのだけど、彼は顔を埋めていたチユを無理やり自分のほうに向かせ、顔を覗き込んだのである。

「あっ、ちょっと！　やめ……」

「おや、これはまた可愛らしい顔をしているなあ」

「ひ、あ……っ」

異様に前髪が長く、肌はなまっ白《ちろ》く、にたりと不気味に笑う『妖怪・蛇づら男』の顔を正面からまともに見てしまったチユは、見事に硬直してから——その小さな体が破裂しかねないほどの爆音で泣き出した。

「やあああ‼　やあああ‼」

「ああ、もう言わんこっちゃねえ！」

音音が三八を引き剥がし、唯助はすぐさまチユをあやしたのだが、彼女はそこにいる三人全員分の鼓膜を裂かんばかりの甲高《かんだか》い声で泣き叫んだ。先ほどの三八以上に鋭い、あまりに立派すぎる声量である。

「ぎーーーい！　ぎーーーーい！　やああああ‼」

「あぁぁごめんなああチユ～、怖かったな～」

唯助が三八から庇うように背を向けても、チユは一向に泣き止まなかった。

まったく、なんてことをしてくれるのだ。そんな心臓に悪いからかい方は、せめて十分大人である唯助と音音だけにしてほしいものだ。唯助は三八に少し腹を立てていた。


もう何度も言ったことだが、三八は変人であった。勿論、それは大人に対する姿勢に限った話ではなく、子供に対する姿勢にしても変わらない。

唯助が昼間、屋根に登って直していたのは、近所の子供たちが石を投げて遊んでいる際に、誤ってヒビが入っていた瓦を割ってしまった箇所であった。「割れたのが瓦一枚であったからまだ良かったが、石を投げて遊んでいては、今度は頭を割ってしまいかねない。取り返しのつかない怪我をしたらどうする」と、店主の三八は注意した。だが、やんちゃ盛りの生意気盛りであった子供たちは聞き入れないばかりか、三八を指さして「毛むくじゃら！」だの「妖怪毛だらけ！」だの「汚ねえ雪男！」だのと散々に貶した。その場にいた唯助が見かねて子供たちを叱ろうとしたのだが、三八は怒るどころか手を叩いて笑い「ならばその期待に応じてやろう」と、とんでもない奇行に出る。

　直立した状態から上体を後方に反らし、背中を地面につけないように足裏と手でアーチ橋のような姿勢をとった。そして、そのまま「ア゛ア゛ア゛ア゛ア〜〜!!」と奇声を発しながら子供たちに突進したのである。まるで便所コオロギをでかくして、気持ち悪さを数倍増幅させたような不気味な妖怪の奇襲を受ければ、いくら生意気な子供といえども蜘蛛の子を散らして逃げるだろう。勿論、その一部始終を見た唯助が口をあんぐり開けていたのは言うまでもない。

　そういうわけで、唯助は自分から離れないチユと三八が同じ空間で鉢合わせないよう、部屋を障子で隔てて会話をしていた。

「で、その幼子はどうしたのだ」

　台所からトントンと耳に心地よいまな板の音がする中、泣き疲れたチユは唯助の膝でくうくう眠っていた。

「買い出しに行った帰りに見つけたんです。細い道の陰でひっそり丸くなってて、周りに親もいなかったので、とりあえず保護して交番に預けようとしたんですが」

　そこで、唯助も音音も困惑する事態が起きたのである。チユは警官をひと目見るなり、先ほどのような甲高い声で激しく泣き出したのだ。その警官が大柄だったとか、強面だったとか、不気味だったとか、決してそういうわけではない。

「警官を見た途端に、さっきみたいに泣き出しちゃって。優しそうなおじさんの警官だったし、顔を見ただけであんなに泣くとは思わなくて、おれも吃驚《びっくり》しました」

「ほぉん」

障子越しに三八が相も変わらず紙風船みたいにやる気のない相槌を打つ。もはや癖なのであろう、と唯助はそのまま話を続けた。

「旦那もさっき聞いたでしょう。あの変わった泣き方」

「確か、ぎいぎいと泣いていたな。随分と妙な泣き方をする子だ」

「警官を見た時も、あんな感じの泣き声で。ちょっと異常だと思うんです。おれもあんなの初めて聞きました」

まるで獣が天敵を威嚇《いかく》する時のような泣き声。否、異音と表現した方がいいかもしれない。それについては唯助も少しばかり耳にしたことはある。発達が遅れて言葉が上手く話せない子供の中には、そういった異音を発して拒否反応を示す子供がいると。もしかすると、チユもそういった類の子供なのかもしれない。

「唯助、君は随分と子供に慣れているな。まるで経験のあるような言い方だ」

「ありますよ。だって、実家には弟と妹がいっぱいいましたから」

唯助は双子の兄と同じく、一番上の子供であった。夫婦一組につき子供が五人なんていうのは、大昌時代においてなんらおかしいことではない。ただ、唯助の実家はそれよりも多く、子供は全部で九人いた。つまり、唯助は兄と共に七人の弟妹の面倒を見ている。女手の少ない家庭であったから、子供と遊んだり、面倒を見たりするのは、決まって男衆の役目であった。

「仕方がないから交番から親に連絡してもらって、迎えが来るまではおれや姐さんがそばについてることにしたんです。そのほうがチユのためにはいいだろうということになりまして」

「それでうちに連れて帰ってきたわけか」

「そういう次第です」

んん、とチユが寝返りを打つ。鍛えられた唯助の太腿《ふともも》の上は少し寝心地が悪いのか、チユの寝姿には落ち着きがない。兎《うさぎ》のようにうつ伏せに丸まったり、猫のように横向きに丸まったり、多種多様な寝相を見せていた。唯助はチユを起こさないように、さらさら触り心地のいいその髪を撫でる。

「周りの大人を悉く恐ろしがり、しかし唯助と音音にだけは恐怖を示さず懐いている。なかなか興味深い現象ではあるな」

「ちょっと、またチユに変なちょっかい出さないでくださいよ。あやすのも大変ですし、なによりチユが可哀想です」

「せんよ、そんなこと。それにあまり小生を邪険に扱いすぎないでくれ。小生とてあんなに泣かれてしまって傷ついているのだぞ」

「あんたの自業自得でしょうに」

「冷たいなあ。獲夷《えぞ》の吹雪《ふぶき》のごとき冷たさだなあ。小生悲しい」

まったく、と唯助が呆れ返っていると、折りよく音音が襖を開けて二人を呼ぶ。

「みや様、唯助さん、夕餉の支度が終わりましたよ」

「分かりました。今そっちに行きます」

唯助が返事をしながら立ち上がる。

それに合わせて立とうとした三八を、音音は止めた。

「ああ、みや様」

「うん？」

「大変恐縮なのですが……みや様はそのままそちらのお部屋にいてくださいまし。わたくしが膳を運んでいきますゆえ」

「なんと」

障子の向こうでパタッと、大袈裟に畳に手をつく音が聞こえる。三八が膝を崩し、畳に手をついて、これみよがしとばかりにガッカリした姿勢をとったのだが、室内灯で障子に映ったシルエットも相まって、やたら喋々《ちょうちょう》しい。

「小生に対する風当たりのなんと厳しいことか。薩真《さつま》の台風のごとく厳しい風当たりだ。小生悲しい」

三八は古くさい絵巻から出てきた女幽霊のようなすすり泣きを演じているが、彼を敬愛している唯助もそろそろこの大根役者ぶりに鼻白んできた頃である。

「我慢してください。相手は子供なんですから、それくらいは旦那も譲歩してくれたっていいでしょう。チユ～、そろそろ起きな。まんま食うぞ、まんま」

と、唯助は三八のことはおよそ上司に対する態度とは思えない軽さであしらい、チユにはまるで猫の子を撫でるかのような丸い声で呼びかけた。

「んうぅ」

唯助が揺り起こすと、チユは薄く目を開けて、なんとも億劫そうに唸り、くしくしと目頭を擦っていた。

夕餉は鶏肉の甘辛いつみ入れであったが、まだ二、三歳のチユを慮って、音音は小さく丸めた薄味のつみ入れを用意していた。

チユは意外と手先が器用であり、もう手掴みなんて恥ずかしい真似はしないわとでも主張するかのごとく、匙《さじ》を上手く使って食事をする。見守っている唯助が手を出す必要などまるでなく、むしろ感心してしまったほどである。唯助が同じ年頃の弟や妹たちの子守りをしていた時は散々であった。食べ物を投げるわ、潰して塗りつけるわ、わざと落とすわ、膳や畳が飯まみれにならなかった日はない。それに比べてチユの飯の食べ方は、この歳にしては随分と行儀がいいものだ。本人の個性というのも強いだろうが、匙の扱いがきちんとしているあたりは、親や家族がチユに時間と愛情をかけて教えたのであろう。

（この子の家族、心配してんだろうなあ）

すぐ近くに親の姿がなかったことだけは妙に感じるが、チユは間違いなく愛されて育った子供だろう。こんなに可愛らしい娘を突如失った家族の心境を思うと、唯助の心はツキツキと痛み、やるせない思いが滲むのである。

「チユ、美味しいか？」

「ん！　おいちい！」

「そっかそっか。良かったなあ」

チユは特に長芋の煮物を気に入ったようで、匙で掬《すく》って自慢げに口に入れては「おいち～

い！」と、ほっぺたを両手で潰して満面の笑みを浮かべている。

「いしゅけ、いしゅけ。あーん」

チユは匙に長芋をのせて「美味い物だぞ、さあ食え！」と言わんばかりのキラキラした星空の目で、唯助にそれを突き出してくる。先月末まで風邪を引いていた唯助はそれをどう上手く躱《かわ》すか葛藤したが、それ以前に、大福餅の頬から溢れ出る愛おし最強光線を真正面から浴びて、もはや卒倒の勢いだった。親バカならぬ兄（他人）バカである。

＊

七本屋に来客があったのは、そんな和《なご》やかな食事が終わった直後のことである。膳を下げていた音音はその声を聞きつけると、すぐさま夜の客を出迎えた。

「まあ、柄田様」

「夜分遅くに失礼する、音音殿」

長身の音音もゆうに越す、百八十センチにも近い軍服の男が、そこには立っていた。体格の良さも相まって壁のような威圧感のある男であったが、音音はそれを気にすることもなく、柄田を招き入れた。

「……そちらのお方々は？」

音音がいまだ入口の向こう側にいる、柄田の連れらしき若い男女を見やると、二人はややぎこちなく会釈する。柄田が「ああ、この者たちは」と説明しかけたところで、店の奥から、

「おお、その声は我が友、柄田修一郎《しゅういちろう》ではないか？」

と、間延びした男の声が割って入った。柄田は軍帽の下で、眉をひそめた。

「如何《いか》にも、自分は帝国司書隊の柄田修一郎である」

面倒くさそうな態度で柄田が返すと、男は満足そうに笑う。

「で、どうした。こんな時間になんの用かな」

「貴様のところにチユという三歳の女児が保護されていると交番の者から聞いた」

「おや、つまり君の後ろにいるのは」

「その子供の親だ」

「まあまあ、それは良かったですわ。今チユちゃんを呼んでまいりますね」

音音が安堵して奥部屋の唯助とチユを呼ぶ。チユの両親もやっと娘に会えるために胸を撫で下ろし、三八ものけ者の運命からやっと解放されると内心で拳を握り固めていた。

「チユ、とっととかっかが迎えに来たぞ～」

唯助に抱えられたチユが登場したところで、その場にいた大人全員が確信していた。

やっと、感動の親子再会が果たされると、誰もが信じて疑わなかった。

「ぎーーーい！　ぎーーーい！　やあああ‼」

誰もが予想しなかった反応であった。長らく両親と離れていた三つの子が、その両親を前にして——威嚇の異音を発した。

「どうしたんだよ、チユ？　お前のとっととかっかだぞ？」

「やあああ‼　ぎーーーい！　ぎーーーい！　いしゅけ！　やああああ‼」

チユは母親の腕の中に収まることなく、なぜか他人であるはずの唯助に向かって手を伸ばしていた。「助けて！　助けて！」と訴えるように手足をばたつかせて、必死に唯助の腕に戻ろうとしていた。

「ど、どういうことだ？　お前、また、どうして……」

狼狽《うろた》えたチユの父親が使った、『また』。目ざとい三八の聴覚と脳は、それを瞬時に違和感として捉えた。三八と同等の頭脳を持つ隣の柄田も、同じであった。

「七本、これは」

「ああ、これはどうにも」

——根の深そうな譚である。

三

「チユは突然出ていったんです。その時、あの子は昼寝をしていて、ぐっすり眠っていたかと思ったら、夕方になっていきなり泣いて飛び起きて。妻があやそうにも、あの子はあんなふうに妻も私も嫌がって、そのまま外へ飛び出していったんです」

「甘えん坊な子だったのに……一体どうしてこんなことになったのか分かりません」

チユの父が、母の肩をさすっている。夫婦の顔はしぼんだ昼顔のように疲れていた。愛情をかけて育てた実の娘から激しく拒絶されたことを思えば無理もない、なんとも痛ましい顔であった。

「譚本の影響は考えられないか。子供は感性が豊かである分、絵譚本《えはなしぼん》などから心理作用を受けやすい」

柄田の言う通り、子供はまだものを知らない分、大人とは違う発想をするものである。例えば、畑の案山子《かかし》を遠目から見たとしよう。大人はそれがすぐに案山子であると分かるし、烏《からす》よけの人形に過ぎないことも知っている。だが、子供は案山子を『がりがりで頭でっかちな奇妙な棒人間が、畑に立ってじいっとこっちを見ている』と想像し、その姿を不気味に思ったり、あるいは不思議に思ったりするものである。

　そういった点も含め、子供向けの譚本は出版に至るまでの審査基準が厳しくなっている。しかし、いくら審査基準を満たしたと言っても、子供の想像次第では妙な心理作用を受けてしまうことが稀にある、と司書である柄田は経験上知っていた。

　しかし、両親は首を横に振り、そのまま沈黙する。父親の方は何かを言おうと口を開きかけては噤《つぐ》んでいた。

「うちで譚本を読ませたことはありません。折り紙やあやとりの術本を読ませて、一緒に遊んだことはあるのですが……」

「絵譚本には触れさせたくないか？」

　あえて言葉尻をぼかした父親の説明に、柄田がはっきりと補足を加える。本を扱う帝国司書の前で滅多なことを言えなかったのだろう父親は、柄田の言葉に頷いた。

　それにとびきり大きなため息をついたのは他でもない、譚本を扱う七本屋店主の三八であった。

「なんと嘆かわしい。三つの子供といえば、外界に対する探究心や好奇心や想像力が一番発達を迎える時期ではないか。この時期に譚本を忌避《きひ》して一切読ませないとは、どういう心づもりなのか。その教育方針を小生は真っ向から否定する。術本とて重要であるが、譚本が今を生きる世代にここまで軽視されていようとは、なんと嘆かわしく浅ましきことか——あいたぁっ⁉」

「やかましい。今は貴様の長説法に付き合っている場合ではないのだ」

柄田に殴られた頭をさすり、三八は前髪の下で涙目になりながら文句を言う。

「いてて、拳骨《げんこつ》はないだろう。この無骨者め」

「一応私から言っておくが、この店に置いている譚本は厳正に管理されているものだし、信頼性と安全性ならむしろ他の本屋よりもある。お宅の娘が本に触れても危険な目に遭うことはない。私が保証しよう」

「おい、人の頭を叩いた挙句《あげく》に無視か」

さらにぶうぶう文句を垂れようとした三八であったが、柄田は部屋を飛び回る蠅のごとく忌々《いまいま》しげにそれを睨んだ。眼鏡越しにでも伝わる、常人ならば誰もが恐れる絶対零度の眼光を、三八はものともせずに「なんでえ、つまらねえやつ」と口をとがらせている。

「本題に戻るぞ。譚本の影響がないとなると、いよいよ私は門外漢だな。本そのものに関する案件以外は職務上取り扱うことができん」

「じゃあ、あの子はどうしたら……」

「それはこの男に聞け。こんなのではあるが、私よりはこいつのほうが対処に向いている」

柄田がいかにも雑に、親指を向けた先が三八であった。そう、顔半分を前髪で覆い隠した、先ほどからふざけたり説教垂れたりしている、蛇の腹のように顔色の悪い珍奇な男である。真面目そうな眼鏡の司書ではなく、妖怪じみた変人を頼れと言われた夫婦の表情は、目に見えて落胆していた。

「なんでえ、大猩々《ごりら》みたいないかついツラしながら紹介してくれやがって。しかも、こんなのと来た。敬うべき相手に対して、なんというくそみそな口の利き方をしてくれる」

「貴様のくそみそに言われるような言動が、能力以上に出しゃばっているからだろう」

「うへえ、相も変わらず生意気なこと。舌先に毒でも乗せてるのかい、君は」

チユの両親は二人のやり取りを当惑しつつ、はらはらしつつ見ていた。帝国司書を前にこうまで不遜な態度をとる人間など、この大陽本にはそうそういない。帝国司書は国家公務員であり、警察隊に比肩《ひけん》する権力と威厳が背後にあるのだ。無礼な口利きを一つでもすれば、文字通り首を飛ばされかねない。否、実際はそこまで横暴ではないのだが、少なくとも世間一般的にはそう思われている。そんな相手に堂々と、あまりにも尊大な態度で会話するこの店主は一体何者であろうか？　夫婦の疑問は深まるばかりだ。

「一つ、大きな問題があってね」

三八が人差し指を立てると、柄田の眉尻がきゅっとつり上がる。

「君たちの娘に何が起きているのか、何ゆえ肉親の君たちを突然拒み出したのか。その因果、事の有様、すなわち『譚』を読み解くのは小生の仕事であるし、小生がやるべきことなのだが、生憎《あいにく》小生はあの娘に嫌われてしまったのだよ。小生に対して完全に心を閉ざしてしまっている。絡まって団子になってしまった糸くずを一本の糸に解き直すよりも難しい有様だ。そもそも、小生はあんなに小さな子供の扱いには慣れていなくてな。なにせ、話術で働きかけたところで通用せん」

そこでだ、と三八はにたりと笑う。

「此度の譚の読み解きは、うちの唯助に全任しようと思う。幸いなことに、あの娘は我が愛妻と唯助にだけは心を開いているし、特に唯助は小生ら夫婦よりも子供の扱いに長けているからね。彼が譚を読み解いたなら、あとは小生がなんとかすることもできようて」

あの頬の赤い、いかにも未熟そうな若人が？　と、三八以外の大人たちの心象に大きな不安が生じていたが、三八はそれがなんだと言わんばかりに、にっかりと、大胆不敵に笑っていた。

＊

チユはとても好奇心が強い時期の真っ只中なのだろう。唯助か音音がそばについていると分かれば、ちてちてと小さな歩幅で七本屋を歩き回り、おはじきに目を輝かせ、裏手に咲いた蒲公英《たんぽぽ》を窓越しに指さし、着物の糸くずさえ摘んで「みてみて！」と差し出してくる。その愛くるしさときたら、修行に明け暮れ長らく幼子の相手をまともにしていなかった唯助の心を綻《ほころ》ばせてやまない。

いつも通りの閑散とした店内で、唯助は来ない客など気にすることもなく、チユと共に絵譚本を読みふけっていた。

「『つきをもこえてみせましやう』。うさぎはいけをぽおんとひとつとび」

唯助が絵譚本を読み聞かせると、チユは椛《もみじ》より小さいその手をぺちぺちと叩いて喜んだ。本棚の気になった絵譚本を片っ端から朗読してやると、特に気に入った一冊を「もーいっかい！」とねだる。客が来ないのをいいことに、唯助はチユが飽きるまで付き合った。

（にしたって、どうしろってんだ）

唯助はそろそろ目を擦りはじめたチユをあやしながら、昨晩、三八に突然言い渡されたことについて思案する。

三八が自分にしたような譚の読み解きを、まだ働きはじめてひと月も経っていない自分に全任するだなんて、唯助にとっては良くも悪くも寝耳に水であった。新たに仕事を任せてもらえたことが嬉しい半面、あれは頭の回転が早く話術にも長ける三八にしかできない芸当なのでは？　と思う。しかし確かに、今回の場合、一番の適役は間違いなく、チユが現時点で親よりも懐いている唯助である。それこそ、親元から離れて他人の家に泊まることになっても、それを悲しまなかったくらいには唯助に心を許している。

また、チユは三八を完全に怖がってしまっているし、いくら三八が話術に長けていようとも聞く耳を持たないのは自明の理であった。

（というか、あの前髪だけでもなんとかすりゃ、妖怪なんて言われないだろうに）

目は口ほどに物を言うとはよく言うが、あの男は目が見えない分、何を考えているのか分かりにくいし、口から吐く言葉だってなんだか信用しきれず胡散臭《うさんくさ》い。大人の表情を意外としっかり見ている子供であれば、なおさらである。自身も暗くて見えにくかろうに、なぜあの髪型を変えようとしないのか、唯助は甚だ疑問であった。

「いしゅけぇ」

「ん～？　なぁに？」

「ちゆ、おそといくの。おさんぽするの」

唯助は迷った。好奇心の強いチユのためにも、刺激の多い外に出してあげたいのは山々なのだが、昨日のような恐ろしい思いを何度もさせるのは不本意である。

「ね～え～いしゅけぇ～！　おそとにいくの～！　い～く～の～ぉ!!」

唯助が長々と渋っていると、チユが次第に地団駄を踏みはじめた。大福餅がくしゃっと潰れて、今にもまたあの甲高い声で泣き出しそうであった。三八が仕事をしている中でそれをされるのは少々困る。唯助はチユを抱き上げ、

「分かった分かった、一緒にお散歩いこっか、チユ」

と、あっさり負けた。


「いしゅけ、あれなぁに？」

「あれは蕪《かぶ》だよ。にしても真っ白でおっきな蕪だなあ。チユの頭くらいあるぞ」

「じゃあ、あれなぁに？」

「あっちは大根。昨日のお味噌汁にも入ってたやつだな」

唯助の小指と手を繋いだチユは、次から次へと指をさして唯助に問うてくる。ああ、こんなふうに小さな弟や妹に質問攻めにされたものだなあと懐古しながら、唯助は律儀に答えていた。

意外なことに、チユは外界に怯えることなく、むしろ『この道は我が道である！』とでも

高らかに宣言するような威風堂々たる力強い足取りで、棚葉町の通りを歩いていた。

「お散歩楽しいなあ、チユ」

「うん！　おさんぽたのちい！」

チユは大変ご満悦なようで、歩幅を大いに広げて午後の商店街を探訪している。昨晩の怯えた様子などまるでなかったかのように、自信満々に、意気揚々と闊歩《かっぽ》していた。

「いしゅけ、あれなぁに？」

「ん？」

チユが次に指さしたのは、玩具屋の軒先でからから音を立てながら回っている、色とりどりの花の大群であった。

「あれは風車だよ。風車」

「かざぐるま？」

チユが唯助の手を引いてそちらへ行きたがったので、唯助はそれに合わせて方向を変える。チユは唯助がついてくると分かると、手を離して一目散に風車の大群に向かって駆けていった。

「きれー」

チユの黒曜石のような瞳が、赤や橙や桃や黄色の花を映して彩られる。背丈が低くまだ手が届かない彼女は、それでも懸命に、ぴょこんぴょこんと風車の羽根に触ろうとしていた。

「欲しい？　一つだけ買ってやろうか？」

「うん！　かう！」

「どれがいい？　こっちの赤はどう？」

「やっ」

「ええ、いやなのか？　じゃあ、こっちの桃色は？」

「や～よ」

「これもダメ？　じゃあ、チユはどれが好き？」

「これ！」

チユは力いっぱい背伸びをして、まだぷにぷにと柔らかそうな小さい人差し指で指さす。

その先にあるのは黄色の風車であった。

「これ？　チユは黄色が好きなのか？」

「うん！　これすき！」

「分かった。じゃあおっちゃん、こいつを一つくれないか」

買ってもらった風車を手渡されると、チユはそれを振ったり、羽根を指でつまんで不思議そうに眺めている。

「チユ、ふーってしてごらん。ふーって」

唯助が風車に息を吹きかけると、風車はからからと音を立てて回り出した。たったそれだけのことに、チユは目を輝かせて、見入っていた。唯助の真似をしてふーっと強く息を吹きかけ、また回り出した風車を、チユはきゃっきゃとはしゃいで見ていた。

*

「ふふ、随分楽しかったのね、チユちゃん」

音音と子守りを交代した唯助が居間に戻ると、チユは音音のそばで風車を握ったまま大の字に寝ていた。丸まって寝ていた昨晩とはうってかわり、堂々とした見事な寝姿である。

「やっぱり、子供って可愛いですね。チユといると、弟や妹を思い出します」

「左様でございますか。それはなんとも羨ましいことです」

くうくう寝息を立てるチユを見守る音音の目は慈愛に満ちていて、しかし、どこか寂しげだった。

「姐さんは、下にきょうだいがいなかったんですか？」

「ええ。わたくしは一人娘でしたから」

今どき珍しい、と唯助は思った。先述したことだが、大昌の世では子供が五人いるのが普通だし、唯助の実家のように九人や十人いる家庭もあったくらいだ。もっとも、まだまだ民衆の生活が豊かではなく、栄養状態も衛生状態も万全とは言えない。体の弱い小さな子供が命を落とすことはそう珍しい話でなかったため、兄弟全員がきちんと成人するのは幸運であると言える。

「わたくしが幼い頃に母は病気で亡くなりました。父は再婚しませんでしたし、わたくしと二人で暮らしていたのです」

「そうだったんですか」

再婚もせず、たった一人いた娘なのだから、音音もまた大切に育てられたのだろう。そこまで想像してから、現在の有り様までを見て、唯助は一つの疑問にぶち当たった。

「大変だったんじゃないんですか？　旦那と結婚する時」

「それはまあ、そうですね」

音音は僅かに視線を泳がせた。

「わたくしも当時は嫁入りにあまり積極的ではありませんでしたし、なにより、みや様は昔からあんな感じのお人ですから。父も渋い顔をしていましたよ」

やっぱりな、と唯助は改めて頷いた。あんな変人奇人のところへ娘を嫁に出すなど、普通の親なら考えないだろう。ねだられても嫌だと言い張るに決まっている。三八は確かに尊敬できる部分もあるが、それよりもあの異彩異色ぶりが悪い意味で目立ってしまう、残念極まりない男である。自由奔放で時には不遜な態度も取る彼のもとで、大事な一人娘が果たして幸せになれるだろうか？　と音音の父は考えたに違いない。

「けれど、嫁いできて良かったと思います。おかげで、みや様と過ごす毎日が楽しくてなりません」

音音は現に、いつも三八に振り回されながらも、頬を染めて心底幸せそうに笑っている。その理由はきっと、三八が音音を愛してやまずべたべたに溺愛《できあい》し、彼女を自分と同等か、あるいはそれ以上の存在として大事にしているからであろう。

「わたくしは過去に患《わずら》っていた病のせいで、嫁いだところで後継ぎなど望めない体でしたから、婚姻という二文字を頭に浮かべることさえ、ずっとなかったのです。けれど、みや様はそれでもいいと言ってくださいましたから」

まあ、嫁がないわけがないですよね、と音音ははにかむ口元を袖で隠した。

「みや様はとても奔放ですけれど、本当に温かくて優しいお方なんです。そんな方に毎日愛されながら平穏に暮らせているのですから、わたくしは幸せ者ですよ」

「そう、ですか」

唯助は図らずして、とんでもなく繊細な事情に首を突っ込んでしまったような気がした。いたとしてもおかしくないほど仲睦まじい二人であったからこそ、子供について尋ねそうになったことが、これまでにも何度かあった。音音にそんな事情があるとも知らず、うっかりで聞いてしまっていたら、彼女はどんな顔をしたのだろう。いつも花のように穏やかに笑う音音がそれをしぼませるなど、想像したくないものだ。

「さて、そろそろ夕餉の支度をしないといけませんね」

音音がちらりと窓の外を見やる。気付けば空は暮れていて、その向こうでは烏があちこちで啼《な》き、どこかの山を目指して棚葉町の空を飛んでいた。

「可愛《かわい》可愛《かわい》と、烏は啼いて帰るのでしょうか。丸い目をしたいい子を思うのでしょうか」

音音の言葉はまだ新しい、烏の童歌からの引用であった。世間知らずの唯助は本歌を知らないのだが、音音がチユを愛おしげに見るその姿と、古巣に帰る烏の姿を重ねるだけの想像力はあった。

「みや様って、なんだか親烏《おやがらす》みたいではありませんか？」

音音が唐突に、どこか可笑しげに言い出す。

「変なことを言う方ですけれど、とてもとても優しい目をした方だと思うのです。いえ、目は見えないのですけどね」

「まあ、それはなんとなく分かるような」

「みや様が親鳥なら、唯助さんは雛鳥《ひながらす》ですね。みや様と並んで、親子のようで」

「ええ？　雛ですか？」

「だって、唯助さんはなんだか幼い子供のように見えるもので。丸い目をしたいい子、なんて言葉がぴったりなくらい。それに、唯助さんとお話しするときのみや様はとても優しいお顔をされていますし、わたくしとしては唯助さんが羨ましいと思うこともあるのですよ」

もう十八になった唯助としては、雛のようだと言われるのは複雑なのだが、音音が愛おしげにころころ笑うものだから、それもいいかと彼は黙ることにした。音音が言う通り、三八に親鳥という言葉を当てはめるのはあながち間違いではない。三八は珍妙な行動が多いものの、いつでも鷹揚《おうよう》に構えているような大人物だし、逆に優しくない……つまり、怒ったり苛立ったりしている様子も確かに想像できなかった。

「親子、かあ」

悪い響きではないな、と唯助はぼんやりと考えた。

一羽の烏がまたひと啼きする。周りの烏と言葉を交わしながら、ぱさぱさと羽音を立てて飛び立っていく。

「いけない、早くしないと。チユちゃんの分もあるのに」

音音が慌てて、チユを起こさないよう静かに立ち上がろうと膝を立てた、その瞬間であった。

「うあああん‼　うあああ‼　ぎーーいぎーーい‼」

チユが突然、割れんばかりの声で泣き叫んだのである。

音音は特に大きな音を立てたわけでもないのだが、何に驚いたのか、チユの泣き方は凄惨なものだった。

「あらあら、どうしたの？」

音音がすぐに抱き上げてチユをあやす。すると、想定していたよりも早く、というか、音音が声をかけて背中をさすってすぐに、チユは泣き止んだ。今までで一番早く、あっさり泣き止んだものだから、泣いた瞬間から長期戦を覚悟していた音音と唯助は拍子抜けした。

「まあ、本当にどうしたのかしら？」

「……もしかして、悪い夢を見たんじゃないんでしょうか」

唯助は経験上知っていたのだが、チユくらいの歳の子はよく就寝中に驚いたり、悪夢を見たりして、寝たまま泣き出すことがよくある。それもたまにではなく、唯助の弟の一人でいえば、ひどければ週に一、二回の頻度であった。子供はそれだけ外界からの刺激に敏感であるし、悪夢を見てしまうほどその脳内は想像と未知に溢れているのである。

「そういえばご両親のお話だと、夕方に昼寝をしていたのにいきなり飛び起きて、ご両親にも怯えて飛び出していった……とのことでしたね」

「それも、夢と現実の区別がついていなくて混乱してしまったから、とか。でも、それならなんで、時間が経ってもチユは親御さんを怖がったんですかね？」

唯助はチユを両親から預かってから、今の今まで、部屋の四隅をぐるぐる行き来するように頭の中で考えていた。

なぜ、チユは自分たち以外の大人を怖がるのだろう。なぜ、親すら怖がるのだろう。チユは、大人たちの何を怖がっているのだろう。

唯助とて、くまなく観察を続けてきたつもりである。三八が自分にしたように、にょっきり出てきた尻尾を素早く見つけ捕まえるなんてことはできなかった。だが、それでもチユの外界に対する行動などを見れば糸口が掴めるかもしれない、と彼女を気遣いながら色々やってはみたのだ。

ところがチユを見れば見るほど、唯助は分からなくなる。新たに疑問が浮上して、それに押し流されそうになる。

チユは人見知りをしないほうで、むしろ自分から堂々と外の世界に飛び込んでいくような、かなり肝っ玉のある子だ。最悪の場合として虐待も疑ったのだが、これはチユの性格や躾の行き届きぶりを見ればすぐに否定できる。

　考えても、観察してもまるで分からない。なぜ、どうして、チユは『ぎいぎい』と異音を発してまで、親を含む大人たちを拒むのだろうか。

「……いいえ。この場合は、なぜ唯助さんは怖がられないかを考えるべきなのかもしれません」

「え？」

「発想を一度変えるのです。探し物をしているときと同じですよ。いつも決まった場所にあるはずのものがなくなっていたとき、まずはその部屋の中を探しますよね？　でも、くまなく探しても見つからない。ならば、いつまでもそこを探し続けたところで時間の無駄というもの、何度も見た箪笥《たんす》の中身をさらに何度も探り続けるなど不毛です。ならば、もしかしたら別の部屋のどこかにぽっと置いてしまったのかもしれない、と考えを改めて探ってみると、結構見つかるものですよ」

　音音の言葉で、唯助は視界が明るくなったように思えた。薄暗い夕暮れの部屋に灯りをつけた時のような明瞭さであった。糸口を求めて暗い部屋の奥に深く深く入り込んでいったけれど、なぜそこから別の部屋を覗いたりするという柔軟な動きを取れなかったのだろう。唯助が感動にも近い何かに心を震わせていると、音音は少し恥ずかしそうに口元を隠して笑った。

「……とまあ、みや様からの受け売りを、みや様風に比喩を用いて言ってみました。我ながら上手い喩《たと》えができたと思うのですが」

「旦那よりも分かりやすい喩えです。流石《さすが》です、姐さん」

「いやですわ、みや様のほうがもっといい喩えをなさいます」

音音の腕に抱えられたチユはもうすっかり落ち着いたのか、ずっと手に持っていた風車にふうふう息を吹きかけて遊んでいた。子供とは、なんともお気楽なものである。

結

「小生が見るに、虐待されていた可能性は低いと思う」

七本屋の二階にある夫婦の寝室は、月明かりと静寂に満ちていた。静寂の中で、煙草の燻《くゆ》る音がじい、と鮮明に聞こえる。

「これは小生の経験則だが、虐待を受けた子供というのは周囲に対する警戒心が強い。子供とて幼いなりに身を守ろうと気を張り巡らせるものだからな。しかし、唯助や君の話を聞くに、あの子はその型にはどうにも当てはまらん」

　窓枠に腰をかけた三八はそこまで言い切ると、じい、と燻る煙を吸い込み、それを月に向かって細く吹いた。月光の下で白く漂う煙を見ながら、音音もそれに頷く。

「チユちゃんはとても好奇心の強い子です。単純に人見知りだから泣いているのかとも思いましたが、それもあまりないように思います」

「ほう、なぜ？」

「唯助さんのお話だと、昼間にお散歩したときは特に何かに怯えた様子を見せなかったそうなのです。お店の軒先にも大人たちはたくさんいたのに、怯えるどころか、唯助さんの手を引いて自分から寄っていった場面もあったそうで」

「それはまた奇妙な」

　窓から夜風が滑り込み、三八の髪を僅かに揺らす。三八は窓から町並みを見て、「ふむ」とひとつ鼻を鳴らした。

「……夜」

「え？」

「夜だから、というのはあるのやもしれん。子供は夜を怖がる」

　三八が見下ろす町並みは、月に照らされた群青色と、月の影になった漆黒に、とっぷり満たされていた。細い路地の陰から爛々《らんらん》と目を光らせていた野良猫は、三八と目が合うなり、瞬く間に消えていく。

「闇を恐れることは、太古から受け継がれてきた人間としての本能と言えよう。外敵から身を守るための本能、それも、想像なんてことをする人間だからこそ持ちうる、ときに虚実ともなりうる未知への恐怖心の表れだ。まして、ものを知らない分だけ想像力も豊かな子供にとっては、夜の世界などますます未知に満ちているのだろうさ」

音音は足だけ布団に入れていたが、その布団を捲って立ち上がり、三八のもとまで寄っていく。なんとなく、夜闇の濃い襖の近くが恐ろしく感じてしまったからだ。

襖の隙間からするりと、なにかが這い寄ってくるような……実際にはそんなことはないのだけど、それを分かってはいるのだけれど、そんな妄想をしてしまって、気づけば月明かりに近い三八のもとへ身を寄せていた。

「あまり夜風に当たりすぎないようにな。五月とはいえ、夜風はまだ冷たいのだから」

「みや様のお近くでしたら、寒くなることはありませんよ」

「おや、可愛いことを言う」

三八は煙草を持ち替えると、空いた手で「おいで」と音音を手招いた。音音は素直に、その手が導くままに、三八の片手の下へ猫のようにするりと入り込んだ。

「大人になって夜が怖くなくなるのは、物を知っていくからなのでしょうか」

「それもあるだろうね。闇に慣らされていくというのもあるだろうし、夜に抱かれる心地好さを知る者もいるのだろうし。しかし、子供の頃の空想が大人になる頃にはすっかりたち消えてしまうのは、寂しいような気がするなあ」

体を丸めてできる限り三八の手に収まろうとする音音を、三八の手が優しく撫でる。ゆっくりと、じんわりと、夜風で少し乱れた毛並みを梳《す》いていくように。音音はふわふわ夢見心地で、その快さに目を細めた。

「いい子、いい子、可愛い子。甘えたがりだね、音音は」

「子供扱いしないでくださいまし」

「子供さ。君も唯助も、小生にしてみれば可愛い子だ」

「わたくしは貴方の妻でございます。拗《す》ねますよ」

ぷくんと頬を膨らませて、音音は気持ちばかりの不満を漏らしてみせた。怒り方など少しも分からぬ音音らしい、子供じみた不満の漏らし方であった。

「許しておくれ、君が可愛くて仕方がないのだ」

「みや様のいじわる」

そう言いつつ、音音は三八の手から離れようとはしなかった。それは久方ぶりに夜闇が恐ろしくなったせいでもあるし、夫の手の温もりから離れがたいせいでもあった。

＊

空が薄明るくなってきた時分であった。唯助の体は光に反応するかのように、必ずと言っていいほど正確に夜明けと共に目覚める。むくりと起き上がり、淡く差し込む陽光に透ける茶髪を無造作にかき上げて、ひとつ欠伸《あくび》をする。暁の匂いと瑞々しい空気を肺に取り入れてから、横に目をやる。チユは昨晩なかなか寝付いてくれず、その苦労の痕跡は大の字の寝姿の周りに転がっていた。チユが一番気に入っていた、月と兎の絵譚本。昨日の昼間に買った黄色の風車。チユが自慢げに見せてくれたあやとり。まだ不格好な、何を折ろうとしたのか分からない折り紙。

(色んな世界を見てるんだろうな、この子)

大福餅のような頬がもにゃもにゃと動く。チユは瞼《まぶた》の下にあるきらきらした目を介して、大人とは違う色鮮やかな世界を見ているのだろう。何も色をのせていない塗り絵に、ところかまわず好き勝手に絵の具をぶちまけたような、整然としておらず、規則性もなく、ただただそこに絵の具をこぼしました、という世界。

唯助にとって空は青色だし、雲は白だし、ポストは赤色だし、道端の草は緑色だけれど、チユの世界ではそれら全てに決まった色がない。空は緑色になるし、雲は桃色になるし、ポストは青くなるし、道端の草は紫になる。突飛で荒唐無稽で、究極に自由な世界だ。

唯助にもそんな時期があったはずなのだが、いつから空は青色と決めつけるようになったのだろうか。もうそんなことも思い出せなくて、唯助はチユを羨ましく思った。

ふと、窓から差す光に影が横切る。それは真っ黒な烏だった。唯助たちが寝ていたのは二階であったが、烏は七本屋の屋根に留まって、騒々しく鳴きはじめた。

（ああもう。チユが起きるな、こりゃぁ）

唯助がそう思ったとき――

「う、ああああああん!!　うああああああ!!」

チユの鼓膜を裂かんばかりの泣き声に、烏が驚いて飛び立っていく。しかし、チユはそれでも激しく泣いていた。

「ぎーーーーい!!　ぎーーーーい!!」

また、チユが異音を発した。それを聞いた唯助が抱き上げてあやそうとした瞬間、チユはパチッと目を開いて、涙に濡れた目をきょろんと覗かせて、ぱったりと泣き止んだ。

「あれ？　チユ、どうした？」

チユは「そっちこそどうしたの？」とでも言いたげな目で唯助を見ている。先ほどまで自分が泣いていたことなど、ちっとも覚えていない様子で、きょとんとしているのである。

（また、すぐに泣き止んだ）

昨日の夕方と、それはまったく同じであった。何かに驚きわあっと大きく泣いて、抱き上げてあやそうとすればすぐに泣き止む。昨日は音音の、今朝は唯助の顔を見て、チユは即座に泣き止んだのである。

もしや、と唯助は昨日の夕方の状況を思い出してみる。そう、チユはあの時も、鳥が鳴いてから泣き出していた。鳥の啼き声に驚いて泣き出し、あやされるとすぐさま安心したかのように元に戻ったのだ。度々悪夢を見て飛び起きていた弟の様子と、本当によく似ていた。

「チユ、今ものすごーく大きな声で泣いてたぞ。なんか怖い夢でも見たのか？」

まだ言葉の引き出しが少ないチユに、どこまで説明ができるだろうか？　それを大人である自分が正確に読み取れるだろうか？　そもそも、夢の内容を覚えているのか？　唯助にとって、これは賭けであった。

「ぎいぎい、いた。ぎいぎい、いたの……」

「ぎいぎい？」

「ぎいぎい、こわかったの」

唯助は、気づいた。音音の言っていた〝部屋の奥〟のドツボに、唯助自身のみならず、音音や三八、チユの両親でさえも嵌《は》まっていたのかもしれないと。そもそも、自分たちは端から勘違いをしていたのだ。思い込んでいたのだ。

チユは『ぎいぎい』と泣いたのではなく――『ぎいぎい』と言っていたのである。

「なあ、チユ。『ぎいぎい』ってなんだ？」

唯助が聞くと、チユはめいっぱいに腕を広げて、身振り手振りで答えた。

「おっきくて、まっくろでね。ぎいぎいっていうの」

「それは大人の人？」

「うん。すっごく、すーっごくね、おっきいの」

チユは立ち上がり、背伸びをして、それでも足りないと腕を伸ばして、まだまだ足りないとつま先を伸ばして答えた。

「真っ黒で、大きくて、ぎいぎいって鳴くお化け……ってこと？」

「うん、ぎーぎーってなくの。ぎーぎー！　って」

唯助の中で、頭に散らばっていた全ての欠片が出揃った。細切れにされていた紙片が出揃い、元あった図面が浮かび上がったようだった。唯助はその図面を逃さぬよう、紙片を一つ一つ組み合わせていく。繋がった線、同じ色、それらのズレを一つも生まぬように貼り合わせて——唯助は天井に頭突きする勢いで立ち上がった。

「そういうことか!!」

唯助は髪も結わずにチユも置いて、同じ階にある夫婦の寝室へ突撃した。

「旦那! 旦那! 分かりました!!」

夫妻が寝床としている部屋の前で、唯助は興奮のあまり、近所迷惑もいいところな大音量で叫んでいた。それに片耳を塞ぎながら、化物のようなもじゃもじゃ頭の三八がのそりと出てくる。

「こらこら、早朝からご近所さんに迷惑だろう。声を抑えなさい、唯助」

「あっ、すんません」

寝起きの三八に窘《たしな》められた唯助は一度口を塞ぎ、後に控えていた声を呑むと、今度は落ち着いた声で、しかし興奮気味に話した。

「鳥です。チユが怖がってた原因は、鳥だったんですよ!」

「鳥ぅ?」

三八が真っ黒な癖毛をわしわしと梳いて一旦整える。その間にも、唯助は矢継ぎ早に話を進めた。

「チユは微睡《まどろ》んでる最中に鳥の啼き声を聞いて、お化けの夢を見ちゃったんです。大きい大人の姿をした、真っ黒で、ぎいぎいって啼く化け物の夢を見たって言ってました。あの子が真似ていた声も、さっき屋根の上で啼いていた烏の声とちょうどそっくりで」

「ああ、ええと、ちと待て、ちと待て」

いまだかつてないほどなめらかに回っている唯助の口を、三八は彼の肩に手を置くことで止めた。

「では、なぜ小生や柄田や交番の警官、それに親まで怖がったのかね」

「旦那と柄田さんと警官に関しては、格好が悪かったんだと思います。ああ、えっと、カッコ悪いんじゃなくて、格好が悪いのであって。ほら、旦那って普段は黒っぽい紺色の袴を着てるじゃないですか。おまけに真っ黒で長い前髪。柄田さんの隊服も、警官の制服も、全体的に黒が基調でしょう？　逆におれや姐さんが怖がられなかったのは茶髪だったり、服装が明るい色だったからだと思うんです」

「つまり、小生らは黒っぽい格好をしていたから、あの子の夢に出てきた化け物に見えてしまったと。では、あの子のご両親はどう説明する？　彼らは黒っぽい服装をしていなかったぞ」

「それは、時間帯と状況のせいだったのかもしれません。あの二人、チユと引き合わせたときは遠慮して玄関に入らなかったじゃないですか。辺りも真っ暗だったし、顔も見えにくかったし、全体的な色調が黒っぽかったから、チユにはお化けに見えたんだと思います」

ふうむ、と三八は顎に手をやって悩ましげに唸っている。納得とまではいかないようであった。

確かに、辻褄《つじつま》は合うが、確定的な要素が少ない分、唯助のこじつけと言えなくもない。そんな反論も、唯助は予想済みであった。

「試してみましょう、旦那。その浅葱色《あさぎいろ》の寝間着なら多分大丈夫なので、あとは前髪を上げてください」

この仮説が正しいなら、真っ黒な見た目さえなんとかすれば、チユほどの肝っ玉で三八を怖がることはない。唯助は確信を抱いていた。

「えっやだ」

「なんでですか!!」

なんともあっさりきっぱりした拒否反応に、唯助は思わずコケるポーズをとるが、そんなことをしている場合ではない。もしこの仮説が真と証明されれば、チユをすぐにでも恐怖心から解き放ってあげられるのだ。子供の一大事に大人の我儘《わがまま》など聞いていられるものかと、唯助は三八の拒否をばっさり切り捨てた。

「いいから前髪をどうにかしてください！　寝間着もそのままで！　いいですね！」

「ええ、小生いいとは言って」

「い・い・で・す・ね!!」

ええ～？　と不満げな声を出す三八を無視して、唯助はチユを迎えに寝室まで戻った。

風車で遊んでいたチユを抱えてまた夫婦の寝室の前にやってくると、音音も三八と同時に起きていたのか、ねぼけた彼の髪を櫛で梳いている最中であった。

「みや様、ほんの少しだけ我慢してくださいまし。チユちゃんのためですよ」

「気が進まんなあ」

「みや様」

あの男、まだ渋っていたのか。何をそんなに嫌がるのだ、と唯助は半ば呆れた。髪の下に見られたくない何かが隠れているというなら仕方がないとも思う。だが、以前ちらりと見えたときを思い出しても、そこには若草色の瞳があっただけで、特に何もない普通の顔だ。

「分かった、分かった。じゃあ小生に背を向けさせてくれ。あの子だけに顔が見えるように抱いて話しかけよう。それなら構わない」

「ではそのように」

二人を出迎えた音音にチユを預けると、唯助はそのまま部屋には入らぬようにと言われたので、一歩足を引いておく。音音はチユに何かを語りかけた後、チユを三八の腕に抱かせた。

唯助は部屋に入らぬよう、聞き耳を立てた。

「やあ、おはよう。昨日はよく眠れたかな」

「……だあれ?」

「小生か? 小生は三八という。君は?」

「ちゆ」

「そうか、そうか。可愛い名だね」

チユは、三八に怯むことなく、きちんと目を合わせて会話をしていた。初めて見る顔に対して笑ってこそいないが、初めて出会ったときのあの泣き方が嘘だったかのように、今はじいっと三八を見つめて話している。

「『ぎいぎい』というお化けがいるらしいな?」

「ん、いる」

「それはたくさん見るのかな?」

「ん、たくさんみた」

「そうか、そうか。怖かったか?」

「こわかった……ぎいぎい、いたの」

「そうか、そうか。それは怖い思いをしたね」

三八に頭を撫でられたチユは僅かに緊張を見せていたが、やがてそれが心地好いと感じたのか、大人しく受け入れていた。

「では、おじさんがひとつおまじないをかけてあげようか」

「おまじない？」

「そう。ぎいぎいがいなくなるようにな」

「ぎいぎい、ないないするの？」

「ああ、そうだ。その風車を貸してくれるかな？」

三八がチユに向かって下から手を差し出すと、チユは風車と三八の手を何度か見比べて、少し躊躇ってから手の上に風車を置いた。

（――来る）

唯助が予想した通り、三八がその風車をふう、と吹いた瞬間――からから回る風車が淡く光った。

回りながら少しずつ綻んでいく光の糸。

白とも言えず、透明とも言えない糸が、朝日を織り込んだように輝く。

極彩色の、なんとも摩訶不思議《まかふしぎ》な色彩であった。

「わあ……」

チユがその光に目を輝かせ、糸の一筋を掴もうと手を伸ばす。

彼女の手を惜しくもすり抜けて、糸はするりするりと三八の手に集まっていく。

頁《ページ》が織られ、文字が織られ、三八の手の上で徐々に形を成していく。

――そうして、極彩色の譚の糸から、また新たな一冊が編まれた。

「『ぎいぎい』とは、また幼くて可愛らしい表題だな。本当に子供は、大人ではしようもない奇想天外、奇天烈な発想をする」

三八は上げた前髪をさっさと戻すと、その光景を覗いていた唯助に編んだ譚本を手渡した。

「書庫の本棚に入れておいてくれ。いつもの浅葱色の暖簾のほうだ」

「ああ、はい」

唯助が黒い表紙の譚本を受け取ったところで、三八の腕に抱えられていたチユが彼に尋ねた。

「ねえ、おじちゃん。かざぐるまは？　かざぐるま、どこ？」

「あっ」

当然ながら、風車はもうどこにもなかった。唯助の菜花の根付が譚本『菜種梅雨』になったように、チユの風車もまた、譚本『ぎいぎい』になってしまったのである。三八の発したたった一音で、チユも幼心にそれを悟ったようだった。

「かざぐるま、かざぐるま、かざぐるまぁぁ〜……」

大福餅がぐしゃぐしゃに潰れて、瞬く間にその双眸からは涙が溢れ出てきた。それに青ざめた三八は早々に、

「しくじった。唯助、あとは頼む」

などと身勝手に、全てを唯助に向かって託してきた。

「は、え、おいっ」

「かざぐるまぁぁ〜〜〜〜っ!! うあああああ!! うあああああああん!!」

「だ、旦那ぁっ！　それはないでしょ、ねえ！　旦那ぁぁ〜〜〜っ!!」

張り裂けんばかりの幼女の泣き声と、それにも負けない情けない少年の声が、朝日に包まれた棚葉町の東端に響き渡った。

＊

その後、チユを含めて四人で朝餉を共にしてから、唯助は交番まで走った。チユの両親とはすぐに連絡がつくようにしていたので、両親が来るのもまた早かった。

「とっと、かっか」

七本屋に駆けつけた両親を見つけて、チユはちてちてと二人に駆け寄っていく。恐怖心を取り除かれたチユは、もう両親のことも怖がらなかった。

三日ぶりに娘を抱いた両親の喜びようときたら、遠目に見守っていた唯助の心をじんと熱くさせるほどだった。

「ありがとうございます、娘の面倒まで見てくださって」

両親が唯助に頭を下げると、ここまで多大に感謝されることに慣れていない唯助は「あっ、えと、いえ」などと困惑しながら謙遜《けんそん》した。

「チユ、これを持っていくといい」

三八が持っていたのは、先ほどまで二階にあった、月と兎の絵譚本である。チユが一番気に入っていた本だった。

「店の本棚に収まって埃《ほこり》を被っているよりは、喜んで見てくれる娘のもとにいるほうが本も幸せだろう。お気に入りの風車を消してしまった詫びだ」

三八が差し出した本を、チユが小さな手で掴んで受け取る。両親は渡された絵譚本を少し警戒していたようだが、

「大丈夫、これは写本ですから、読んでも害はありません。実際、おれもチユに何度も読み聞かせしてましたし」

と唯助がすかさず注釈を入れると、訝しげなその表情が少しだけ和らいだ。チユはしばらくその表紙の絵にじいっと見入っていたが、母親から促されて、

「ありがとー」

と本を抱いて見せた。ああくそ、その破顔を真正面から見られる三八が羨ましい、と唯助は最強光線を前に、膝から崩れ落ちそうになった。

「いい子、いい子。君には度胸がある。そのまま己が道を突き進んでいくがいい」

「うん」

チユは言葉の意味もよく分からないくせに、力強く頷いていた。

「またおいで、チユ。新しい本が読みたくなったら、いつでもここにあるからな」

「ん！」

唯助の言葉にも大きく首を振って頷くと、チユはにへへと歯を見せて笑った。ああもう、可愛い！　と抱きしめたい衝動に駆られるが、ここはぐっと堪える。

チユは唯助や三八に手を振ると、両親と共にズンズンと我が道を歩き出した。

「あの子も、『譚』に囚われてたんですかね」

「そうだな」

親子の背中が見えなくなると、ようやっと、といった様子で三八が懐から煙草を取り出す。

唯助と音音に『子供の前で吸うな』と止められてから、自室でのみ煙草を吸っていた三八は、それから解放されたのを喜ぶように、いそいそと煙草に火をつけた。

「君と同じく、あの子もまた自分の生んだ『空想』に囚われてしまったのだよ。夢で見た化け物の印象があまりにも鮮烈に、痛烈無比にこびりついてしまって、それが『譚』として力を持ったのだろうな」

「でも、旦那が譚本に紡いだから、それが消えた」

「消えたと言うよりも、落とし込んだのだよ」

三八は何かに吹きつけるように、細く煙を吐き出した。五月の早朝の風がそれを巻き取り、掠めとっていく。

「本に書きつけたのさ。書きつけることで内にあったものを外に出してやる。整理をつけると言ってもいい。現に君はつらかった実家のことや過去の恋愛について、思い出して振り返ることができるほど折り合いがついているだろう？」

「あ……」

言われてみればそうだった、と唯助は気づいた。捨ててきた家族や初恋の人と顔を合わせる勇気はないまでも、家族との思い出を振り返ったところで、そこまで胸は痛まない。その事実が、唯助は既に『譚』に囚われていないということを明確に証明していた。

「それは君の抱えていた『譚』がきちんと完結したからだ。焦心苦慮《しょうしんくりょ》した過去をきちんと結んで抜け出し、今は虚心坦懐《きょしんたんかい》に過去を見つめることだってできるじゃないか。チユについてもそうだ、あの子が思い描いたものを消したわけじゃない。怖い夢に過ぎない、現実にはないものだ、ああそれならきっと大丈夫だ、と『譚』を締めくくり、それを譚本に紡ぐことで外に出したのさ」

「聞けば聞くほど、旦那のやってることが人間離れしているような気がするんですけども」

「いんや、『譚』を完結させることなど誰にでもできる。小生はそれを促しただけに過ぎないし、その理由だって『譚』が欲しいからだ。だって面白いだろう?」

「……分からなくはないですけど」

怒られると思ったから言わなかったのだが、唯助もチユの譚を読み解いて、実際にそれが面白かったと感じている。

大人にはできない発想、まだ空の色が青と決まっていないチユだからこそできた、三八ですら予測できない自由で大胆な発想だ。

読み解いた瞬間の快さといったら、脳から閃光が迸り、頭がバチバチと弾け飛ぶかのような、強烈なまでの爽快ぶりであった。

「まあそれはさておき、だ。よくやった、唯助」

三八が唯助の肩にぽんと手を置く。それになんとなく唯助は背筋を伸ばした。

「此度の件については君の手柄だ。まだひと月も経っていないのに、よくぞやり遂げてくれた」

惜しみない三八の賛辞に、なんだかこそばゆくなる。唯助は赤い頬をさらに赤くして、なんともぞもぞした口の動きで、

「ありがとうございます、旦那」

と不格好に笑ってみせた。三八はそれに笑みを深くすると、ぱんぱんと手を叩いた。

「ほら、今日も働いてもらうぞ。いつもの掃除と書庫整理を頼む」

「分かりました！」

たすき掛けの紐をきゅっと引き締めて、唯助は書庫整理から取りかかった。まずは三八に渡された『ぎいぎい』を然《しか》るべきところに収めてやらねば、と本を手に取ったところで、唯助は「ん？」と首を傾げた。

チユの譚から紡いだ本の表紙に記されている著者名、それは本を読みはじめてまだ日が浅い唯助でもすぐに思い当たる名であった。

「どうした？」

「この名前……うるし、しつ……」

「『漆本蜜《しちもとみつ》』と読む」

漆本蜜といえば、唯助が最近よく読んでいる作家の名前だ。恋愛譚やら怪異譚やら漫談まで、多種多様の譚本を手がけている作家の名である。

「どうしてこの名前が」

「当たり前だろう、だって小生が紡いだ本だもの」

「えっ？」

唯助はぽかんと口を丸くし、目も丸くし、阿呆《あほう》のような面をして三八を見る。一瞬耳がおかしくなったか？　などと思ったりもしたが、三八の次の台詞は実にあっさりとそれを否定した。

「それは小生が譚本作家として名乗っている筆名だ。七本三八の『八』を消して、『七』と『三』を別の字に替えただけだよ。気づかなかったか？」

いや、説明されれば確かにそうなのだが、いやしかし、この珍奇な妖怪があんな瑞々しい恋愛譚を？　どろりと滴るような怪異譚を？　抱腹絶倒の漫談を？　あれらを全て書いたというのか？　という衝撃が大きすぎて、そんな暗号だとか言葉遊び云々《うんぬん》など、唯助にとってどうでも良くなっていた。

「ええええええええええええええええ⁉」

唯助の瞠若驚嘆《どうじゃくきょうたん》の叫びは、早朝から続く騒音に耐えかねた隣人に怒鳴り込まれるほどの大絶叫であった。

六月『ある女』

一

車窓の外で次々に流れていく風景に、唯助は胸を高鳴らせていた。遠方では青山の風景が広がり、その手前にのっぺりと平たく広がる青田がゆっくりと過ぎ去り、さらにその手前の花菖蒲《はなしょうぶ》が瞬く間に過ぎ去っていく。

「すげえ、すげえ！　電車ってこんなに速かったんだ！」

唯助は子供のように目を輝かせ、結い上げた茶髪を風に揺らし、興奮気味に車窓から身を乗り出そうとしていた。

「こら、唯助。危ないからちゃんと席に座ってなさい」

それをまるで親のような口調で窘めるのは、どう見ても二十代半ばの男・七本三八である。

「へへ、すんません。電車なんて初めてなもんですから、つい浮き足立っちゃって」

「気持ちは分かるが、田舎者丸出しだぞ。新しく袴も買ってやったというのに」

唯助は珍しく、素肌をほとんど晒していない。いつもたすき掛けで露出していたたくましい腕と脛《すね》は、今やシャツと草色の袴によって隠れており、草履は黒のブーツに変えている。随分と様変わりするものだなあ、と三八が思ったのは束の間のこと。新しいハイカラな服装にすっかり舞い上がった唯助は、やはりいつものごとく少年らしいはしゃぎっぷりを見せていた。

対する三八は、杜若色《かきつばたいろ》の羽織を肩にかけ、頭には帽子をかぶり、足には下駄など履いて、これもまた普段とは違う装いであった。

そんな二人が向かう先は、大陽本帝国の帝都・藤京である。そこを目指してこの電車に乗り込んだ理由は、今から二日前に届いた電報によるものだった。


「唯助。君、藤京に行ってみたくはないか？」

電報を手にした三八がにやにやと問うてきたものだから、今度はなにをそんなに勿体《もったい》ぶっているのだと唯助は訝しんだけれども、三八に手渡された電報にはこう書いてあった。

「『キンシヨ　トウキヨウ』……ええと、これは？」

「柄田からの依頼だ。しかも藤京まで来いと」

「柄田さんから？」

二人の言う柄田とは、帝国司書の柄田修一郎のことである。三八の妻である音音曰く、本を取り扱う界隈では敏腕と称されている帝国司書だ。

帝国司書がなんたるかを唯助はそれほど知らないが、その道の天才とも言われる柄田が、三八を頼ってきたのである。

「禁書案件は初めてだろう。一度見ておけばいい経験になる。ついでに観光もしてこよう。ハイカラなものがたくさんあって楽しいぞ」

「ハイカラなもの！」

唯助は仕事のことよりも、後者の『観光』という二文字に飛びついた。

というのも、唯助はこの棚葉町周辺から遠出をしたことがない。それどころか、実家にいた頃はほとんど実家の道場の中で過ごしていたものだから、かなりの世間知らずな田舎者であった。

棚葉町とて商人の街ゆえに、他の地域と比べれば多少は西洋文化も多く入ってきている。だが、カフェーだとか演芸だとか、やれファッションだのパーマだのパフェーだの、そういった流行の先取りに関しては都市部にはかなわない。まして、唯助の出身は棚葉町の隣の農村だし、小洒落《こじゃれ》た西洋文化なんて欠片もない。ハイカラな文化などというものは、おとぎ話も同然なのである。

「そういえば、旦那って棚葉町でも結構ハイカラな服装してますよね。もしかして、藤京出身だったりするんですか？」

棚葉町はまだまだ純和風の着物の文化が根強いが、三八はその中でブーツを履き、袴の下には西洋風のシャツを着ている。音音についても髪型をモダンな形に結っているし、髪をまとめているのは簪《かんざし》ではなくリボンである。

三八は唯助の言及ににやっと笑うと、

「当たり。ついでに言えば音音も元々は藤京出身だよ」

と答えた。

「どうかな？　行ってみるか？」

「行きます、行きます！　ぜひ行かせてください、旦那！」

唯助は仕事のことなどすっかり考えていない様子で、二つ返事で答えた。それが、今から二日前に行われたやり取りである。

まるで遠足前日の子供である。しかし唯助は十八で、しかも半人前といえど、書店員という立派な仕事人なのだし、藤京に行く一番の目的は仕事だ。にもかかわらず、ついでの観光に気を取られたこの浮かれっぷりはガキもいいところである。上司の三八にはそれを微笑ましく見守るだけの心の広さはあるのだが――まあとにかく座りながら踊るなんて器用なことをしてないで、電車の中なのだから大人しくなさい、と一応唯助を諌《いさ》めるだけの真面目さもまだあった。

「柄田の前でそんな浮かれた態度を取ってみろ。君の脳天にも容赦なく拳骨が飛んでくるぞ」

「じゃあ、このへんで大人しくしときます」

唯助はわざとらしくきちんと座り直して、わざとらしく背筋をピンと伸ばす。三八もまたわざとらしく「うむ」と口に出して頷いた。

「では、着く前にきちんと仕事の話をしておこうか。本題に入る前に一応聞いておきたいのだが、君は『禁書』という言葉をもう知っているかな」

「ええと、簡単に言うと、一般の人は見ちゃいけない、持ってもいけない本ですよね。姐さんから教えてもらいました」

唯助に本の管理方法を仕込むにあたり、本の概要について説明したのは、元々七本屋でその仕事を担っていた音音である。音音は帝国の法律によって定められた本の分類や、貸本屋という店ならではの本を魅せる配置、修繕の仕方などを唯助に仕込んでいる最中である。が、その中でも異質であったのが、『禁書』の取扱いについてである。

「広い意味では『公共に害を及ぼすから、出版や所持が禁じられている本』。狭い意味では『幻を見せたり、本の中に引きずり込んだり、人を傷害したり、実害があるから発行や閲覧が禁じられている本』。合ってます？」

「正解。ちゃんと覚えているな」

大陽本帝国民にしてみれば今さらすぎる常識なのであるが、柔術ばかりやってきた唯助にとっては七本屋に来るまでは未知のことであった。

「『禁書』にも術本と譚本の区別があってな。術本の禁書というのは単純だ。例えば麻薬や毒薬の作り方、人の殺し方……犯罪を幇助《ほうじょ》しかねん知識と技術が詰まった術本がこれにあたる。闇市などで売りさばかれているのも大半はこれだ」

「うえ、マジかよ。そんなもん売る奴がいるんですか」

「いるさ。場合によってはそこいらの宝石や貴金属以上の高値がつくし、生活に困窮して売人になってしまう者もいる」

三八は、それまではまだどこかお気楽そうに喋っていた。しかし、その次に「だが」とたった二音発すると、唐突に、急激に、声を低くした。

「それ以上に厄介なのが譚本の禁書だ。君ももう十分分かったと思うが、譚本は人の経験やら空想やら思想などを紡いだものだから、人の持ちうる複雑怪奇な情念もまた大いに絡んでくるのだ。禁書の中でも特に危険だと言われる本は、十中八九譚本だよ」

「へえ……例えばどんなのです？」

「例えば、常軌を逸した危険思想、犯罪行為の実録、幼少期の悲惨な記憶体験さ。それらが幻になったり、あるいはなんらかの実体を持って人間を襲ったら、襲われた者はどうなると思う？」

唯助には、三八の言葉の意味がよく呑み込めなかった。思想や記憶が形になって人を襲う、というのは一体どういうことなのか。まったく想像ができない。ゆえに、唯助にはなんとも答えようがない。答えに困る唯助に、三八はまたにっこりと笑いかけた。

「それを見てもらいたいのだよ、小生は。『本』を扱う人間になるのならば、見ておいて損はない。無知ゆえに間違いを犯すことがないよう、身をもって知ってもらおうというのが今回君を連れてきた理由だ」

「はあ」

きっと、三八には考えがあるのだろうが、唯助はそれが何であるかを悟れるほど物を知っているわけではない。

三八はそんな唯助にわざとらしく得意げに、胸を張って大仰に言うのであった。

「帝国司書とも深く関わる小生の立場をありがたく思えよ。こんな体験、普通の貸本屋に勤めていては絶対にできんのだからな」

＊

電車を降り、煉瓦《レンガ》造りの駅舎を出たところでちょうどにわか雨に降られた。三八に連れられ雨宿りに駆け込んだのは、西洋式の格子窓に囲まれた空間だった。木目調の家具が並び、橙色の電灯が灯る喫茶店である。

「待ち合わせの時間にはまだ早いが、柄田が来るまで先に寛《くつろ》いでいよう」

三八が木の椅子に腰をかけたので、唯助もそろそろと座ってみる。しかし、椅子に敷いてあるクッションの感触がどうにも落ち着かない。何もかもが目新しい唯助にとっては休むどころではなくて、はしたないとは分かりつつも、きょろきょろ辺りを見回してしまう。

「珈琲《コーヒー》を一つ。クリームと砂糖もつけておくれ」

女給が注文を取りに来て、三八は即座にそれを頼んだが、唯助はお品書きを見たところで固まってしまった。『ケーキ』だの『コロッケ』だの『ベークドポテト』だの『マカロニ』だの、聞いたことすらない単語ばかりで、一体どんな料理かも分からないのだ。それを見か

ねた三八は、唯助の救難信号を読み取るや否や、

「あと、この子にも珈琲とプリンを一つ」

と注文した。

「ありがとうございます、旦那」

唯助がお品書きに隠れるように縮こまる。頰の赤さはいつもより割増しであった。珈琲が先に届けられたところで、三八は真っ黒なそれをひと口啜ってから、

「さて、禁書の話の続きをしようか」

と、脇に添えられていたクリームと砂糖を雑にどちゃどちゃ混ぜた。

まだ話が続くのかよ、と唯助は少し瞼が重くなるような気がした。彼とてちゃんと真面目に仕事に取り組まなくてはいけないし、そのために三八の話をきちんと頭に入れていかなければならないことも分かってはいるのだが、それはそれ、これはこれである。正直言って、慣れない電車に揺られて疲れているところで聞かされる理解が追いつかない話ほど、退屈で眠気を誘うものはない。

「ちと眠いかもしれんが、いくら君が世間知らずといえども、この程度のことは教えておかないと柄田にどやされるからな。部下が怒られるのは小生も可哀想だと思うし、小生もあいつのしかめっ面は見飽きた。かいつまんで説明するから、プリンのことでも考えながら聞い

てくれ」

「分かりました」

とりあえず、唯助は素直に〝ぷりん〟という聞き慣れない食べ物を（〝ぷりん〟なんていうくらいだから、ぷりぷりした食べ物なのかな）などと適当に予想しながら聞くことにした。

「十年前のことなんだが、『藤京禁書事件《とうきょうきんしょじけん》』という出来事があったのは分かるかな」

「聞いたことはあります。禁書が暴走して、しまいに大地震になった事件ですよね」

「そう。発端は民主運動の先導者が燃やそうとした独裁的思想を象徴する譚本なのだが、それが一部『悪性化』したのだ。人間の形をした、肉を纏《まと》う化物になった禁書の【毒】が、藤京の街を襲ってな。それ自体は当時の帝国司書たちによって早々に討伐されたのだが、その際の断末魔の叫びによって引き起こされたのが、かの『藤京大地震《とうきょうおおじしん》』だ」

「断末魔の叫びで大地震？　それだけで藤京の街を壊したってことですか？」

「街だけじゃない、犠牲者だって数千人規模だった。恐ろしい話だろう？　時の政府は思想の【毒】を目の当たりにして、民主化を急いだとも言われる。そして、これもまた譚本が急激に廃れた原因の一つなのだよ。譚本は人を死に至らしめることもある、紛《まご》うことなき危険物なのだ、とな」

ああ、と唯助は合点した。というのは、七本屋を批判してくる困った輩に遭遇したときのことを思い出したからだ。その輩は術本を求めてやってきた客であったが、七本屋が譚本しか扱わない貸本屋だと知るや否や、罵声《ばせい》を浴びせてきたのである。こんなものを取り扱うなんてここの店主は正気か、それとも反逆者か、などと謂《いわ》れのないことをべちゃべちゃと唾を飛ばしながら言われたものだから、カチンときた覚えがある。唯助が言い返そうとしたところで、間に突如割り込んだ三八がいつもの長説法で客を追い返したから大事にはならなかった。だが、どうしてあんなに酷いことを言われなくてはいけなかったのかと、今の今まで釈然としない思いを抱えていたのである。

「藤京に縁がある者は殊《こと》に、この事件のせいで譚本は危険物であるという認識が強くてな。先日怒鳴り散らしていった客も、その手合いだったのだろうさ」

「怒鳴るのはやりすぎですけど……でも、警戒する気持ちも分かるような気がします」

そう考えると、七本屋の異端ぶりが改めて見えたように思う。勿論、貸本屋なのだから危ない本は店に置いてないけれど、事件の全容を知った者であれば、確かに譚本しかない七本屋に近づきたがらないのも道理である。

「危険性を持ってるってことは分かりました。でも、おれはやっぱり譚本が悪いなんて思えませんせん。譚本って読んでると楽しいですし、わくわくしますし、色んなことを考えさせられますし。なんか、上手く言えないけど、おれは基本的にいいものだって思います」

語彙力を振り絞って伝えようとする唯助の様子に、三八はにっと口角を上げる。

「自分では想像できない誰かの世界を垣間見る。新鮮な思想に触れて驚いたり、感慨に浸ったり、腹を抱えて笑ったり、涙を流してみたり、そういった体験をできるのは、譚本を読んだ者だけの特権だ。いや、特権などではなく、本来は誰しもが平等にできる体験なのだが、それを一括りに危険物として扱って閉め出してしまうのは大いに勿体ない、と小生は思う」

まったくその通りだ、と唯助はこくこく頷いた。

キリのいいことに、話が一段落したところで、女給がプリンを持ってやってきた。

どっしりとした黄色い寸胴に、茶色い黒蜜のようなものがかかっている。しかし、黒蜜よりはあきらかに粘性がない。上には真っ白に泡立てられたホイップクリームの座布団があって、シラップ漬けにされたさくらんぼがそこに鎮座していた。金属製の匙を手に取って、その背で少し押してみると、羊羹《ようかん》よりも柔らかいが、匙を押し返すような弾力がある。匙の先を突き立てひと口分を掬い取り、それを口に運んだ。

「……んん！　んまあ！」

初めて体感する味の衝撃に、唯助は目を丸くする。卵の風味、和菓子にはない花のような甘い香り、焦がした砂糖のほろ苦さ、てんでばらばらな三つの味がなぜかお互いを殺さず調和している。食感はぷりぷりしているが、歯を立てる必要などまるでなく、舌の力だけで押し潰せるくらい柔らかい。ホイップクリームも一緒に乗せてもうひと口頬張ると、四つに増えた味が次々に個性を発揮しながら響き合う。ああなんてことだろう、こんな美味なるものがこの世に存在したのか、と賛美したくなった。

「唯助は本当に美味そうに食べるなあ」

「だって本当に美味いんですもん！」

赤い頬を大いに綻ばせながら、唯助はぱくぱくとプリンを口に運ぶ。ちょっと口がもたもたしてきたから、一緒に頼んでいた珈琲に手を伸ばし、それを啜ったところで――

「んんッ⁉」

思わず吐き出しそうになった。苦い。とてつもなく苦い。香りはいいが、想像を超えた苦味に目を剥いてしまった。三八はそんな唯助の様子を見て実に愉快そうに笑った。

「まあ、珈琲がなんたるかを知らずに飲めばそうなるだろうなあ」

そういえば、三八もこのどす黒い液体はひと口啜っただけで、あとからクリームと砂糖をどちゃどちゃに混ぜていたのだった。なるほど、それくらいしなければこの味を堪能するのは難しいわけである。まして、お子様舌の唯助にとってはなおさらだ。

「はあ、吃驚した。ぷりんが美味すぎて油断しちまった」

「はは、唯助にはまだ黒い珈琲は早かったか」

おいおい、あんたもそれだけ珈琲を白くしといて言える立場かよ、という台詞は呑み込んで、唯助も珈琲にどちゃどちゃにクリームと砂糖をぶち込んだ。

＊

それから間もなくして、女給に案内された柄田が到着した。眉目秀麗な彼は周囲の婦人たちの視線を絡め取っているが、それを気に留める様子はない。二重廻しの黒いコートの下に、ループタイと呼ばれる紐状の首飾りを提げるという、今風のモダンな服装に身を包んでいる。ループタイについた銀製の釦《ボタン》には三日月とフクロウの目の紋が彫られており、略式ながらも柄田が帝国司書であることを証明していた。隊服姿しか見ていなかった唯助は失礼にも、珍しい柄田の立ち姿をじろじろ見ていたのだが、それに対して眉根に皺を寄せた柄田の第一声は、

「なぜこの子がここにいる」

であった。

「私は貴様しか呼んでいないぞ、七本」

「固いことを言うなよ、柄田」

三八は不愉快な気持ちも隠さないでいる柄田のコートの裾を掴み、まあ座れよと促す。渋い顔のまま座らされた柄田は、三八に刺々《とげとげ》しい言葉を放った。

「禁書案件だと言ったはずだ。子供を巻き込むというのか、貴様は」

「悪いか？」

「悪いに決まってるだろう。なぜ危険が伴う仕事に子供を平然と同行させているのだ。正気を疑うぞ」

「そんなこと言われてもなあ。危険だからこそ同行させているのだよ。そうでなくては意味がない。うちで働く以上、彼にも禁書や毒を一度は見てもらいたいのでな」

「だとしても、時期尚早だろう。万一のことが起きたとしても、私は責任を負えんぞ」

「負わんでいい。この少年に関することの全責任は小生が負うさ。といっても、万一が起きた場合の重い責任は負いたくない。だから、万一が起きないよういざとなったら小生もこの子を庇うくらいの気概は見せるし、自分の矜恃と仲間である君を捨ててこの子と敵前逃亡することも辞さない潔さだってある」

「敵前逃亡などと恥ずべき行為を堂々と宣言するな。ついでに、笑顔でさらりと仕事仲間を見捨てる宣言もするな」

「あの」

なかなか切れない会話の中、唯助はおずおずと手を挙げて無理やり話に割って入った。

「おれ、これでも柔術使いなんです。師範代に匹敵《ひってき》するとまではいきませんけど、何かあった時に自分で自分の身を守るくらいはできます。旦那や柄田さんの足を引っ張るような真似はしません」

「そういう問題ではないのだ、少年」

唯助の主張を、柄田はバッサリと切り捨てた。絶対零度の細く鋭い眼光が容赦なく唯助に向けられる。

「禁書の毒に単なる物理攻撃は通じない。防御に関しても同様だ。毒に拳を突き出したところでそれは紙縒《こよ》りを武器にしたも同然、つまるところなんの意味もなさない。だというのに、この馬鹿はお前を同行させろと言う。単刀直入に言って無理だ。帝国司書として許可するわけにはいかない」

「んじゃ、小生この仕事降りる。このまま唯助と藤京観光だけして帰っちゃうもんねえ」

「なんだと」

口笛など吹いて憎たらしく煽る三八に、柄田はさらに眉根の皺を深くし、目尻を吊り上げる。

「本来は君たち帝国司書だけで解決すべき案件を、一般人の小生が協力してやってるんだよ？　しかも一回や二回ではなく、何回も。君や君の上司はばかすか依頼を寄越して小生をこき使うではないか。律儀にそれをこなしてるんだから、こちらの我儘も多少は聞いてくれていいだろう」

「貴様個人の我儘で済まされる話か！　貴様は全責任を負うと言うが、同行を許可してしまった時点で私も許可したなりの責任を持つことになるのは当然だろう。貴様の身であれば何かあっても自己責任になるがな、この子についてはそうとはならん！　そもそも、禁書回収部隊に所属する人間が禁書士でさえない一般人を巻き込むなど前代未聞、言語道断だ。私は――」

　柄田の言葉が途中で途切れたのは、三八が口の前で人差し指を立てて「しぃ」と言ったからだ。本来、和やかな空間であるべき喫茶店が、三人のいる一角だけ剣呑な雰囲気に包まれている。周囲の客の視線は、何やら怒っている帝国司書と、言い争いをしている男と、それに巻き込まれた不憫な少年に注がれていた。柄田は深呼吸を二度すると、前傾していた体を背もたれに預け直した。

「誰が声を大きくさせていると思っている。私は断固反対だ」

「そこを曲げて頼むと言っているだろう。でなきゃ小生降りちゃうぞ。いいのか、小生という強力な助っ人を手放してしまって」

「くっ……」

　柄田はなんとも憎らしげに三八を睨みつけてから、はーーーぁと長めに息を吐き切って、もうどうにでもなれといった様子で折れた。

「分かった、同行を許可する。ただし条件つきだ。最低限、その子を守るための措置を取れ。丸腰の少年を連れていくわけにはいかん」

「それは勿論」

　三八は懐をごそごそ探ると、中から薄っぺらい紐付きの板を取り出し、唯助に差し出した。

「唯助、これを持っておきなさい。肌身離さずにだ」

　それは金属製の栞《しおり》であった。水面と月を模した透かし彫りに、青い紐が結んである。

「何かあった時は君を守ってくれる、とても強力なお守りだよ。風呂に入る時や寝る時は、紐を外して腕や髪の毛にでも結んでおくといい」

「分かりました」

「これでいいかな」

「ああ、いいだろう」

　柄田はすっ、と塔のように立つと、

「行くぞ、早く行かねば日が暮れる」

と、スタスタ出入口まで歩き出した。

珈琲ひとつも頼まずにただ数分会話しただけで出ていくとは、なんとも忙しない男である。

二

一体、この男は何者なのだろう？

唯助の三八に対する疑問は尽きない。それどころか、解消されるよりも早く、大量の新しい疑問が増えていくばかりだ。

世間知らずの唯助とて、帝国司書が警察隊に比肩する、あるいはそれ以上の権威を持った上位職であることはなんとなく分かっている。実際、帝国司書である柄田に向けられる一般人の目線は、常に敬意と畏怖に満ちている。だというのに、その柄田を前にしても優位に立ち、手玉に取ってみせる七本三八という男は、一体何者なのだろう。

——譚本のみを扱う異端の貸本屋店主・七本三八——

——数々の譚本を手がける天才作家・漆本蜜——

この男が持つ顔を唯助は既に二つ知っているが、そんな大仰な肩書きも、この男を見ていると安直なもののように思えてしまう。もはやそんなものでは片付けられない、得体の知れなさ。

一体、この男は何者なのだろう？

＊

「うわっ、なんだあれ！」

喫茶店を出る頃には、既に雨も上がっていた。先ほどは見上げることができなかった風景を見上げて、唯助はその風景の中でも特に異質な建物に目を奪われる。

巨大な石造りの塔である。この距離でも大きく感じるほどなのだから、縦も長ければ横幅もある建物だというのは瞭然《りょうぜん》だ。

「あれは帝国中央図書館だよ、凄《すご》いだろう？　地上から十階もあるぞ」

「十階!!　図書館ってことは」

「あの中身は全部、本だよ。所蔵されているほとんどが原本つきだし、あそこにいけば大陽本で生まれた本なら何でも揃うと言われる」

「へー!!」

三八の言う『原本』というのは、作家が直接手で紡いだ一冊、つまりは『オリジナル』のことである。大陽本だけに限らず、世界各国で一般人向けに貸借や売買がなされているのは、当然ながら普通のインクで印刷された『写本』であり、たった一冊しかない『原本』は原則として中央図書館に所蔵されるのが決まりだ。三八が先々月に紡いだ『菜種梅雨』や、先月に紡いだ『ぎいぎい』の原本も、実は既に中央図書館に渡されているのである。

「原本がなぜ図書館に所蔵されるかは分かるか？」

「ええと、一冊しかなくて、貴重だから……ですか？」

「当たり。あともう少し踏み込んで考えてみなさい」

唯助はううんと頭を捻り、頭と一緒に首も捻って考える。無知は無知なりに考えてみる、というのは唯助が自身に課した掟《おきて》である。

「では少し助けてやろう。闇市で取引される本はほとんどが盗まれた『原本』だよ」

「……あっ！」

唯助は電気がぱっとつくような明るい顔で閃いた。

「そうか、高値がつくから！　貴重すぎて悪いやつに売られるからか！」

「正解。よくできました」

三八は唯助の頭をぽんぽん撫でて唯助の頑張りを褒めた。さながら、幼児が石を積んで遊んでいるのを大人が褒めているような仕草である。

「『原本』は『写本』よりも使用した時の効果が強く、そのうえ希少価値も高い。だから誰でも欲しいのだ。時には大金持ちでさえ喉から手が出るほど欲しがる。それくらい貴重な資産だからな。ゆえに、国が然るべきところで管理し、やり取りは公正にせねばならん」

「じゃあ、柄田さんはそういった仕事をするお役人さんってことですか？」

「いんや、柄田が担うのはそこではないよ」

名前を出された柄田が唯助を視線だけでちらりと見る。別に柄田は睨んだわけではなかったが、如何せん元から鋭い目付きをしているせいで、刃物の切っ先を向けられたような緊迫感があった。

「ええと、なんだったたっけな」

「おい、本を扱うならそれくらい思い出せ」

「だって長いし、君の肩書き」

「それで貸本商を名乗るとは呆れたものだな」

柄田はまたため息をふうっとつくと、少しばかり息を吸って、そのひと息で言い切った。

「大陽本帝国《おおひのもとていこく》司書隊《ししょたい》図書資産管理部《としょしさんかんりぶ》禁書回収部隊第一班班長《きんしょかいしゅうぶたいだいいっぱんはんちょう》……だ」

唯助は、何も考えられなかった。

「本当だ、めちゃくちゃ長ぇ」

「だろう。いちいち覚えてられん」

言葉が右耳から左耳へ抜けていくという喩えはよくあるが、ちゃんと注意して聞いていたのに九割も聞き落としたのは、十八年生きてきた唯助もこれが初めてであった。

「というか、毎度毎度よく舌を噛まずに言えるよねえ、君」

「当たり前だ。これくらい言えなくてどうする」

まるで舌に潤滑油《じゅんかつゆ》を乗せたかのような滑らかさである。それも辛辣《しんらつ》な毒入りの潤滑油である。これを部下にも求めているのかと思うと、少々彼の部下が可哀想になる。ある意味うっとりできる滑らかさと心地好さだ。

「まあ、そういうことだ。禁書の原本は帝国図書館の地上ではなく、地下階で管理されているんだが、柄田は主にその禁書の原本回収と管理を担う帝国司書なのだよ」

「へえ……でも原本って効果が強いんですよね。禁書の原本なんてますます危ないんじゃ」

「そう、だから回収するにも、回収したものを取り扱うにも危険が伴う。なので、禁書に携わる者は全員がそれ専用の資格持ちだ。帝国司書の国家資格とはまた異なる、『禁書管理士』という資格だな。ちなみに、晴れて試験に合格できるのは毎年受験者の一割ほどと言われるんだが、大半の者は実技試験で脱落するし、それ以前に受ける筆記試験の難易度も高い。

柄田はその筆記試験を全問正解で突破した猛者《もさ》だよ」

「えっ⁉　それ、めちゃくちゃ凄いじゃないですか！」

はへえと感嘆する唯助の視線を、柄田はさらりと受け流す。照れ隠しなどではなく、それがどうした？　という本当になんとも思っていないような表情である。

「別に。あれくらい、普段から真面目に勉強していれば解けるだろう」

「褒められてるんだから素直に受け取ればいいのに、天邪鬼《あまのじゃく》なやつめ」

三八がからかうように言えば、柄田はふん、と鼻を鳴らしてそっぽを向く。唯助としては初対面の時の印象からして、別に無愛想というわけではない。だが、三八と絡むとどうにもへそ曲がりになる男らしい、と思った。

「あと、小生も帝国司書と禁書士の資格を持ってるぞ。本好きが高じてね」

「えっ」

唯助とて、お役人たる帝国司書の資格を取るのが大変だということくらいは知っているし、その上位に位置する禁書管理士の資格がそれ以上に難関であることも想像できる。それを三八は仕事のためではなく、ただ本が好きだという理由で受けたらしい。帝国司書試験ならまだ分かるが、そのさらに上を、好きだからという理由だけで受けたのはなんとも稀有なものである。この男らしいといえばそうなのだが。

「で、私はいつまで待てばいいんだ、七本。ここに予定外の子を連れてくるなら、そんな初歩的な話をなぜ事前にしておかなかった。貴様にとっては社会見学のつもりかもしれんが、我々にとっては仕事なんだぞ。物事は円滑に進めなくては」

「あー分かった分かった。小生が悪うございました。このせっかち野郎め」

先ほどから苛立ちを募らせていたのか、徐々にそれを露見させていく柄田。しかし、三八は面倒くさそうに遮り、ぼりぼり耳の穴をほじっている。仕事仲間としては相性最悪のような気がしてならないのだが、果たして大丈夫なのか、と唯助は不安を覚えはじめていた。

様々な理由で居た堪れなさを感じはじめて縮こまる唯助を、柄田が見た。

「そもそも、何度か顔を合わせる度に思っていたが、唯助は世間知らずすぎないか。この国に住んでいれば、禁書や図書館については知っていて当然だと思うのだが。今まで何をして生きていたのか不思議に思うくらいだ」

鋭い柄田の言葉に、唯助の胸はつきんと痛んだ。恥ずかしいとも思った。唯助も自身が世間知らずであることは重々承知しているのだが、実際に人から言われてしまうと凹《へこ》んでしまう。

「……すみません」

俯いて謝った唯助の背を、三八の手がぽんと叩く。

「仕方なかろう。この子の望みとは関係なくこう育ってしまったのだから、責めても不毛というものだ。なら、無知を責めるのではなく、教えてあげればいい」

「別に、私は責めてなどいない。疑問に思っただけだ」

「なら、少しは使う言葉と言い方を選んだらどうかな。まだ幼い子に対して、君は辛辣すぎる。せっかく頭が良くて語彙もあるだろうに、なぜそれをこういったときに活用しないのか小生は不思議に思うね」

「う」

柄田は珍しく言葉を詰まらせて、視線を泳がせた。三八はさらに追い討ちをかける。

「さて、今唯助に言ったことを音音が聞いたら、彼女はどんな反応をするかなあ」

「……すまなかった。言い方が悪かった」

先ほどまで三八に対してツンケンした態度をとっていた柄田が、三八の言外に込められた圧で唯助に謝罪したことに、唯助は少しばかり驚いた。刺々しい柄田から謝罪の言葉を引き出した三八にも驚いている唯助に、くるりと三八が振り返る。

「唯助も、無知が嫌なら無知でなくなればいい。少なくともこの時間で、禁書や帝国司書についてては無知ではなくなったはずだ。それに、同じ無知とて無知を自覚するのとしないのとでは雲泥の差。君は無知を自覚しているだけ上等さ」

唯助の背中に置かれた手が、今度は頭の方まで移動する。ぽんぽんと軽く髪の毛を叩くように、三八は唯助の頭を撫でていた。十八の唯助にとっては少々気恥ずかしかったが、子供に戻ったような気分は決して悪いものではなかった。

＊

ガラガラガラガラ、ガラガラガラガラ。

「ねえ、ちょっと。小生潰れそう。なんで三人乗りじゃないの、ねえ。路面電車とかでもよくない？」

「我慢しろ。元々二人しか想定していなかったんだから、三人乗りなど用意しているわけなかろう。路面電車はダメだ、仕事内容を一般人に聞かれるわけにはいかない」

「車夫はいいのか」

「安心しろ、帝国司書お抱えの車夫だ。他言無用は承知している」

二人乗りの人力車に、男が三人。まして、長身で肩幅のある柄田と、体格のいい唯助がいるのである。

どうしても端に行った二人は身幅のせいではみ出してしまうし、真ん中に座った一番細身の三八はさらに細くなってしまうのではないかというほどの狭い空間に押し込められていた。

それでも車夫は車をぐんぐん引いて走るから、その力強さたるや恐ろしいものだ。

「で、どこへ向かっているのだ、この車は」

「『つゆのや』という旅館だ。聞いたことはあるだろう」

「ああ、大紫陽花《おおあじさい》の渡り廊下で有名なあそこか。今の時期はさぞ混んでいるのだろうなあ」

「いや、今年に限ってはそうではない」

柄田の否定に、三八が「ん?」と表情を変えた。唯助もまた柄田の話の続きを黙って聞く。

「その紫陽花に異変が起きている。あの宿の庭は見事な青紫陽花が並んでいるのだが、今年はその中の大紫陽花だけが赤いのだ」

「赤紫色になったということか? 肥料を変えたとかならそれもありうると思うが」

「違う。そんなものじゃない。真っ赤だ。それも、血で染めたような鮮紅色《せんこうしょく》らしい」

「それは不吉な」

聞いているだけの唯助の背に怖気《おぞけ》が走った。というのも、唯助はこういった怪談話が大の苦手なのである。怖いもの見たさで本を読んだり、語り合うのは好きだが、その日の晩はだいたい厠《かわや》に行けなくなるし、暗い廊下を歩けば絶対に振り向けない。そんな、馬鹿と言うべきか自業自得と言うべきか分からないが、とにかく怖いくせに興味は持つという、矛盾《むじゅん》した面倒な気質であった。

　しかし、柄田の話はそれだけでは終わらない。

「まだ紫陽花が咲く前に、一人死人が出ている。大紫陽花の下の土に下半身が埋まった状態で発見されて、その時点では既に衰弱していたそうだ。話を聞けば、それは旅館の主人の長男で、ちょうど唯助くらいの歳だったらしい」

「えっ」

　やめてほしい。登場人物と自分に共通点を持たせるのは、怪談語りにおいて聞き手を話の世界に引き込む常套《じょうとう》手段だ。こんな状態で聞かなければいけないのに、さらに苦痛になるではないか。耳を塞ぎたい唯助に構わず、柄田はさらに話を続ける。

「それからずっと、客や旅館の人間が度々行方不明になっているそうでな。それも、全員が若い男だ」

　長旅の疲れと人力車の揺れも相まって、唯助は大変グロッキィな気分であった。対して三八は柄田の話を顔色ひとつ変えずに、意外と真面目に聞いている。

「だから、旅館の中に怪しい者はいないかと探るためにも、先に私の部下を三名潜入させておいた。三十路の男二人と、四十路の男を一人。勿論、ある程度の危険を予測していたから手練《てだ》れの者たちを選んだのだが――一晩で全員が行方不明になった」

「なんと」

　三八が驚いて、声を大きくする。

（結局、男なら歳関係なく行方不明になるんじゃねえか……）

　そろそろ吐き気も催してきた唯助は、やけっぱちに柄田にツッコミをいれた。怒られそうだから口には出さなかったが。

「そんな噂が相次いでいるから、つゆのやは今宿泊客が減っている。恐れ知らずな好奇心旺《おう》盛《せい》な馬鹿がたまに宿を訪れているらしいが、若い男はやはり、悉く行方不明になるんだぞうだ」

「ちょ、ま、待ってください」

　ずっと黙って聞いていた唯助がここで初めて声を上げる。既に、油断したら吐いてしまいそうなほど顔を青くしていた。

「俺らみんな若い男ですけど……つまり」

「間違いなく狙われるだろうなあ」

「むしろ、狙われに行くつもりだ。帝国司書の身分も伏せて、一般人のフリをする」

　唯助が柄田の胸元を見ると、彼はいつの間にやら、紋章つきのループタイを外していた。

「………マジですか」

喉の奥からせり上がってくるものを必死に抑えつつ、唯助は人力車に揺られている間中、（早く着いてくれ、いやでもまだ着かないでくれ）と真逆の祈りを延々と繰り返していた。

＊

つゆのやは緑の庭に囲まれた、帝都の賑やかさとは一線を画した、静謐《せいひつ》な宿であった。つゆのやの主人とその一歩後ろに立った女将《おかみ》が恭しく頭を下げる。

主人は紺色の羽織を着た、見た目からして五十路《いそじ》に近い、白髪も少々交じった男であった。が、唯助はそれよりも後ろに控えていた女将に目を奪われた。

まるで雪のように白い肌に、桜色のぽってりとした唇。丁寧に結われた黒髪に、紫陽花を模した簪。青紫の着物が似合う、主人とはかなり年が離れている若い女性だった。じっと見ている唯助の視線に応えるように女将がにこりと笑ったので、唯助は会釈で返す。

「急で申し訳ない。一晩泊まりたいのだが、部屋はあるだろうか」

「ええ、ございますよ。どうぞお上がりください」

三人に、というよりも、一番先頭にいた柄田に頭を下げているように見える。制服を脱いでもなお溢れる柄田の威厳に気圧《けお》されているようにも見えた。

後ろで控えていた女将が柄田に寄ってくる。

「お荷物をお運びします」

「いや、私は結構だ。大事な仕事道具があるのでな」

「小生も自分で持とう。ああ、この子の荷物だけ持ってやってくれないか。少し体調を崩しているんだ」

柄田はちらりと、唯助の荷物を預かる女将を一瞥《いちべつ》し、すぐに正面の主人へ視線を戻す。

「薬でしたら常備しておりますが、お持ちしましょうか？」

「いや、薬はいい。すまんが水をもらえないかな」

「かしこまりました、お部屋にお持ちします」

主人が丁寧に頭を下げているのを見て、唯助は少し申し訳ない気分になった。

（水がいるほど体調は崩してないんだけどな、おれ）

もう人力車を降りたし、ここまで歩いている間に吸った空気のおかげで、吐き気はかなり収まっている。しかし、三八がせっかくあれこれ気を回してくれているのだから甘えておこうと、唯助はほんの少しだけ体調が悪いふりをすることにした。

主人に案内されるままに、三人は館内を歩く。玄関を抜けていくつか廊下を渡ったところで、なにやら雨の匂いを含んだ風を感じた。建物の中の空気にしてはやけに新鮮だったから、どこかから吹き抜けているのだろう。そう思ったところで、すぐに答えは見えた。

「ほお、これは見事な」

三八が感心したように呟く。

主人の肩越しに広がる光景は、圧巻であった。紫陽花が広がる庭を一直線に貫いた、木造の渡り廊下である。

「こちらが当館自慢の紫陽花庭でございます」

先ほどの柄田の話も忘れるほどに、それは美しかった。渡り廊下の客を出迎えるように、真っ青な紫陽花の群れが取り囲んでいた。自然光が反射して渡り廊下にも紫陽花の青い光が差し込んでおり、一面が青く染まっている。

「そういえば、ここには大紫陽花があると聞いたが、どれのことだろうか」

「ああ、それはあちらでございます」

主人が手で示した先には、確かに一際大きな紫陽花があった。一般的な男二人分の身長を足してようやく届くだろうかと思われるほど、非常に高く育った紫陽花だ。しかし、真っ赤と聞いていたはずのそれも、周りとまったく変わりない真っ青だったので、唯助は（ん？）と首を傾げる。

「……なるほど、下の方か」

三八が唯助にだけ聞こえる声量で囁く。上を見上げていた柄田が下に視線を落としていたので、唯助もそこへ目を向けると、確かに、そこだけ異様な姿の紫陽花があった。

本当に、真っ赤だった。近づけば鮮紅色なのかもしれないが、遠目に見るとどす黒い赤色だった。あの花を絞ってみたら本当に血が滴《したた》り落ちそうな、赤色である。

主人がこちらへ、と促したので、柄田と後ろの二人はそれに続く。

渡り廊下を抜けて、階段を二階まで上ったところに部屋はあった。事前に柄田が話していたように、あの大紫陽花のせいで客は減っているらしく、ここに来るまでに人に会っていない。客どころか、仲居とさえすれ違っていない。

柄田があえて主人に尋ねた。

「失礼ながら、随分客が少ないようにお見受けするが。ここは大紫陽花で有名な宿ではなかったか?」

「ええ、まあ。しかし、最近嫌な噂が立ってしまったものでして」

「嫌な噂?」

「いえね、ここに泊まった若い男性がどんどん行方不明になっていくという噂があるんです。……実際、本当に若い男性のお客様が、朝になると忽然《こつぜん》と姿を消しているそうで。どうしてかは私どもも分からないのですが」

「ほう」

「ですからお客様、夜寝る時は絶対に窓の鍵をお閉めください。襖も障子も締め切って、間違っても出ていかないようになさってください」

「了解した」

＊

女将が唯助の荷物を置いたところで、彼女と主人は部屋を後にする。

夫婦にしてはどうにも年が離れている二人だなあとぼんやり考えていた唯助を、三八が呼ぶ。

「疲れただろう。これでも飲んで落ち着くといい」

切子のグラスに注がれた水を三八から差し出される。ひとまず礼を言って、唯助はそれをくいっとひと口、ふた口で飲み干した。

「せめて三人乗りの人力車を見つければこうはならなかったろうに。柄田はせっかちでならん」

「やかましい。三人乗りは帝都でもあまり走ってないんだ。探しても時間の無駄だし、二人乗りを確保していただけでもありがたいと思え」

「あの、すみません。突然くっついてきてしまって」

「お前は謝らなくていい。事前に相談もなく連れてきたこいつのせいだ」

「融通の一つくらい利かせておくれよ、こういう時こそ権力の使い時だろうに」

「権力をそう都合よく振りかざしていられるものか、この愚か者」

定期的に罵り合ったり揚げ足を取ったりしている大人たちのやり取りを見つつ、唯助は先ほど見た女将の顔を思い出していた。

唯助とて男であるが、彼が女将に目を奪われたのは彼女が美しかったからではなく、どこかで見たことがある顔だと直感したからである。決して悪い感じではない、懐かしさを感じる。白い肌のうちに、温かく灯る何かがある、なんとも不可思議な雰囲気と色合いを放つ女性であった。

音音の持つ雰囲気に近いような、また違ったような、そこにいるだけで癒され安心する匂いがしたのだ。

「なんか、あの女将さん」

「うん？　どうしたのかな？」

「旦那、あの人、どこかで見た、誰かに似てる気がします……」

「奇遇だな。私も誰かに似ている顔だと思っていた」

「おや、柄田もか？」

「唯助と同様に誰かは思い出せないがな」

「……誰だろう。なんか、こう、懐かしい感じがして」

「ほうほう」

「……いい匂いが、して」

「ふんふん」

「…………優しそうに、笑ってて」

「それからそれから？」

「…………うん、と……うん」

「唯助？　疲れているのか？　眠いのか？」

「……………………え、と、大丈夫です、まだ、つかれて、ない、ので」

「どう見ても疲れて眠たいようにしか見えないが」

柄田の声は、唯助の耳にはもう半分も届いていなかった。それでも唯助は頑張って舌と口を動かそうとするのだが、なんだかとても動きが悪いし、瞼もとても重い。

（旦那が言う通り、やっぱり疲れてんのかな、体力には自信があったんだけど。さすがに慣れない長旅は違うのか……眠るには早すぎるな……まだ夕餉も食べてないのにな……）

唯助は急激に消えていく意識の中、そんなことを考えたりしながら——三八の言葉を最後に、眠りに落ちた。

「おやすみ、唯助。いい子にしておいで」

三

唯助がすやすや寝息を立てている横で、三八は女将に運ばせた荷物をがさがさ探る。

そして、荷物から何かを摘み上げると、すかさず柄田にハンドサインで話しかけた。

〈……やはり、仕掛けてきたな。見ろ、柄田。唯助の荷物についていた。【毒】のにおいがする〉

〈禁書の毒…紫陽花の葉の欠片を鞄の底につけたのか〉

〈普通はこれが盗聴器だなんて思わんだろうが、小生の鼻はやはり誤魔化《ごまか》せんなあ。愚かなことだ。相手の様子を窺うはずが、逆に相手に読み解く手掛かりを与えるなんて。いかにも紫陽花が怪しいと教えているようなものではないか〉

〈だが、あちらから私たちに手出ししてくれるというなら助かる。そいつはこのままにしておこう。このまま気づいていないふりをしていれば、相手の油断も誘える。暫《しばら》く会話はハンドサインでいこう〉

〈承知した。唯助にも筆談で伝えておく〉

〈しかし、まったくいい度胸をしている。こんなわけあり状態で旅館を経営し続けるなど〉

〈同意見だが、仕方がないようにも思える。彼らとて商売なのだから、客足が途絶えれば潰れてしまう。……いや、もっと別の理由があるのかな〉

〈大紫陽花が赤いのにはあまり気づかれたくないらしいな。自慢の紫陽花だなどと言っておきながら、私たちが赤くなったところを見つけた途端、じっくり見せるどころか逆に遮るようにこちらへと急かした〉

〈行方不明者が相次いでいることについても、柄田が言及するまでは言わなかったな。まあ、これは泊める側の人間として客の不安を煽らないようにしている、とも取れなくはないが、いや、さすがに無理やりか〉

〈となれば、主人は明らかにクロだな。最後はご親切に鍵をかけろなどと言っていたが。ご自慢の鼻とやらはどうだった。譚の気配は〉

〈そりゃあもう絶好調。しかし、湿っぽくてどうにもつらい。生臭い汚れた濡れ雑巾《ぞうきん》のよう

なにおいだ〉

〈汚い比喩を用いるな〉

〈汚い比喩を用いたくなるほどにおうと言っているのだよ〉

〈まあいい。……話が変わるが、なぜ唯助を眠らせた？〉

〈少しばかり仕込みをする時間が必要かと思ってね。大丈夫、大した量は入れてないから、夕飯時には目を覚ますだろう〉

〈必要性が分からない〉

〈では加えて、君の名誉のため、あとはこの子の純潔を守るため、と言っておこう〉

〈は？〉

三八がにちゃっと笑みを浮かべる。悪戯《いたずら》を思いついた悪ガキのそれとまったく同じ類いのものだ。嫌な予感に、柄田は後ずさった。

「……は？　待て、おい七本っ――うおっ、何を⁉」

「何って、それを言わせるのか？　君も野暮な男だね、修一郎」

「なぜ下の名前で呼ぶんだ、気色悪いっ！」

「つれないなあ。唯助も疲れて寝てしまったことだし、こんな時でなければ、二人で会うことなどできないだろう？」

「な、何を戯《たわ》けた……ひっ、やめろ！　触るな阿呆！」

「阿呆だなんて。ずーっと我慢していたのに、酷いではないか？　小生は、君に会いたくて会いたくて仕方がなかったんだぞ？　だというのに、仕事だけしてお別れだなんて……あんまりではないか？」

「よ、よせ、冗談じゃない！　本当にやめろ、ななも、ひぇぁ！」

「大丈夫、すぐに楽しくなってくるさ。だが、声は抑えておけよ、唯助が起きてしまうからな……んっふっふっふっ」


唯助が目を覚ました頃には、既に日が傾いていた。ぐっすり眠って目覚めも爽快、頭もしっかりと覚醒していたのだが、目をこすってぱっちりと目を開けた矢先、視界に妙なものを捉えた。

「やあ、唯助。よく眠れたかな？」

「ええと、おはようございます、旦那。……柄田さんは、どうしたんですか？」

「ああなに、ちょっとはしゃいでしまってね。疲れたんだろう」

唯助が失礼にも人差し指でさしていたのは、畳の上にぐったりと転がった柄田である。何やら肩で息をしており、頬から耳まで赤く染めていた。

「この……っ！　よくもやってくれたな、七本！」

「と言いつつ、楽しんでいたではないか。なあ？」

「ふざけるな！　あれが楽しいわけないだろう！　調子に乗って散々やりおって！」

「……ええと、何をしてたんですか。二人とも」

「いい子はそんなことを聞いちゃだめだぞ、唯助」

「断じて違うからな、唯助!!　この男の言うことを真に受けるなよ!!」

「……ええと、はい。分かりました？」

「疑問形で返事をするな!!」

「元気だなあ、柄田は」

「黙れクソが!!」

　クソとはまた役人にあるまじき凄まじい悪態である。そんな汚い言葉を吐かせるなんて、三八は柄田に何をしたのだろう？　唯助は正直ものすごく気になっていたのだが、これ以上追及したら間違いなく柄田の拳骨が飛んでくるので、ぐぐっと堪えた。

*

　ふと横を見たその一瞬、唯助は女がいるかと思った。大浴場の脱衣場でそれが起きたものだから、もしかして女湯と間違えたか？　と錯覚しそうになったが、それは三八だとすぐに分かって安堵する。

「旦那、随分細いですね」

「うん？　そうか？」

「一瞬女に見えました」

　道場育ちの唯助の周りは筋肉質な男ばかりだったため、三八の細さが心配であった。まあ、唯助にとってはガリガリに細く見えるというだけであって、世間一般から見れば平均より少し細身という程度だが。唯助の目が一瞬女だと思ってしまったのは、本来以上に三八を細く見せてしまっている撫で肩のせいである。

「本当は女かもしれんぞ？」

「馬鹿なこと言わないでくださいよ。随分ご立派なモノがついてるじゃないですか」

「やだあ、そんなところまじまじと見ないでえ」

「気持ち悪いことをしてないで早く脱げ、戯け」

「あたっ」

　柄田が後ろから三八の頭を引っぱたく。まるで女が艶《なま》めかしく焦れったく裸体を隠すような仕草をする三八だが、顔色の悪い妖怪のような男が体をくねらせたところで不気味なだけだ。夕餉の後のひとっ風呂で疲れをほぐしに来たのに、なぜなまっ白《ちろ》い男の裸体で吐き気を催さなくてはいけないのか。唯助は柄田とともに、三八のおふざけを無視して目を背けた。

考えてみれば、風呂に浸かるなんてのは、温水で全身を温めるだけの単純な行為だ。なのに、こんなにもほっとするのは不思議なものである。髪と体を洗い、三八の言いつけ通りに栞の紐で髪をくくり、肩まで湯船に浸かると、唯助は雨風で冷えた体をふるっと震わせた。

「はぁ～っ…こんな大きな風呂が貸切状態なんて贅沢《ぜいたく》ですね」

「ははは、存分に堪能しておけよ、唯助。こんな機会、滅多にないのだからな。そうだ、なんなら泳いでみたらどうだ」

「阿呆、行儀の悪いことをさせようとするな」

こうして風呂で足を伸ばしてゆったり寛げることはそうそうない。唯助は気持ちよさのあまり、寝っ転がって鼻歌でも歌い出しそうだった。

「帝国司書隊の寮はどうなのだ？　今は広い共同浴場があるんだろう？」

「あるにはあるが、なにせ寮に住む者は大勢いるからな。いくら風呂が大きくても芋洗いだし、入る時間も決まっている。寛ぐには向いていない」

「意外と贅沢じゃないんですね」

「役人といえど下っ端だからな。むしろ、近くに銭湯があるお前たちのほうが私は羨ましい。時間なんて気にしなくてもいいだろう」

「まあそうなんだが、爺《じじい》どもの垢《あか》まみれの風呂もそれはそれで嫌だぞ？　垢で芒《すすき》が立つとはよく言ったものだ」

「……それを聞くと、どちらがいいか考えものだな」

「唯助は？　道場に風呂はついていたのか？」

「ありましたよ。でも風呂を沸かすのが面倒で、稽古が終わったら皆で近くの川に飛び込んでました」

「はは、それも楽しそうだ」

　毎日風呂に入れる生活はとても贅沢なものであった。そもそも風呂釜を備えた家自体が少ないし、水を汲み上げて薪を燃やして温めて……などなど手間もかかる。なら、手っ取り早く川に飛び込んでさっぱりしたり、銭湯に行ったりしたほうがいい。しかし、それも毎日やれるわけではないから、普段は温めた水に浸した手ぬぐいで体を拭いて済ませる。庶民の暮らしなどそんなものだ。

　なので、長い旅先で堪能する広々とした風呂は格別の褒美《ほうび》と言えよう。

「ふぃ～極楽極楽。こんなところに音音も連れてきてやりたいなあ。家事を任せてしまっていることだし」

「きっと姐さんも喜びますね。今度都合をつけて行ってきたらどうです？　おれ、留守番してますよ」

「それはいい。久々に音音と混浴を楽しむのもアリかもしれん」

「つぶ！」

そこでなぜか動揺を見せたのは柄田であった。

「どうした、柄田？　顔が赤いぞ？」

「誰のせいだと思っている。貴様、仕事中によくも混浴などとそんな浮ついた話を……」

「…………もしや、君。音音の入浴姿を妄想したのかな？」

「戯けッッ‼」

「あいたァッ⁉」

柄田が回転をつけて投げた風呂桶は、三八の額のど真ん中に命中する。しかも当たったのは運の悪いことに、硬い竹の素材でできた箍《たが》の角であった。

「ちょっとぉぉ‼　今のは本当に痛かったぞ⁉　瘤《こぶ》になったらどうするんだ⁉」

「知るか、煩悩《ぼんのう》まみれ‼　このふしだら野郎め‼　私がそのようなことを考えるわけなかろう！　貴様とは違うのだ！」

「ふしだらとはなんだ！　小生は仕事に対して非常に真面目に取り組んでいるだろう！　だがそれはそれ、これはこれ。むさ苦しい鋼《はがね》のような男の肉体よりも、嫁の白く柔らかな玉肌を拝みたいと思うのは当然の欲望ではないかな」

「ど・こ・が・だ、この助平爺《すけべじじい》!!　というか貴様!!　私がそういう話題が苦手なことを知っていてわざと言ったろう!!」

「半分は素直な欲望、半分は君への悪戯心《いたずらごころ》」

「私を弄ぶのがそんなに楽しいか！　これでは寛ぐどころではないわ！」

バッシャアン！　と、柄田が湯を思い切り叩く。そこそこ大きな水柱が立ち、その滴を顔に受けながら、

（じゃあいちいち反応しなきゃいいのに……）

と、唯助は冷静につっこんだ。間違いなく確実に怒られるので口には出さないけれど。

大浴場いっぱいに声を反響させながら、柄田がひとしきり怒鳴り散らしたところで、ようやく癒しの静寂が戻った。

「にしても、一つ気になっていたんだが」

柄田を弄り倒していた三八が唐突に、唯助の方へ振り返る。

「唯助はどうしてそんなにも世間知らずなのかな？　ああいや、無知を責めているわけではないのだ。ただ、本についての知識は普通にのほほんと暮らしている一般人といえど、生活に関わるから分かるはず。だが、君はそれに比べてあまりにも知らなすぎる。ご実家の道場の教育方針だと聞いたが……」

三八の疑問はもっともである。大陽本において、本はお上にとっても庶民にとっても身近な道具のひとつと言える。まったくの無知というわけではないが、唯助が知っていたことといえば『術本と譚本の区別があり、術本は魔法の道具、譚本は読み物』程度であった。

三八と同じ疑問を抱いていた柄田も、じっと黙って唯助を見る。

「道場の、というか、うちの家系の教育方針です」

唯助は自嘲するように、ぽつぽつと語りはじめた。

「おれの実家は戦乱の時代から柔術をやっているんですが、当主たるもの武術に秀でていなければならないってことで、幼い頃から戦《いくさ》で強くなるための教育をされるんですよ。裏を返せば、比類なき強ささえあればいいっていう考えです。自分の体や心、命そのものも武器だから、戦うこと以外の余計な知識は要らないって教えられるんです。おれも最初はそういうものだと思って受け入れていたんですけど、大きくなって外に出るようになってから、自分がすごく世間からズレてるんだなって気づいて。だから、自分なりに知識をつけようと周りに隠れてこっそり本を読んでたんです。……でも、中途半端に知識をつけちゃったから、兄貴より弱くなったのかもしれませんね」

最後は兄貴に全然勝てなくなっちゃいましたし。唯助はそう締めくくって、恥ずかしそうに笑っていた。

「それは違うぞ」

声を上げたのは、柄田であった。

「知識をつけたから弱くなる、なんてことはない。むしろ、知識は力に匹敵する刃《やいば》であり鎧だ」

柄田の目は切れ長で鋭く、真剣に見つめられるとやはり睨まれているようである。しかし、唯助はそうではないと分かって、彼の目を真剣に見つめ返した。

「私の実家はかつて士族であり、剣術道場を営んでいる。だから私も居合をそれなりに身につけているが、兄弟たちに比べて武術の才がまるでない。恥ずかしながら、試合でも負けっぱなしの長男だった。だから、勉学で対抗することにしたのだ。結果として、今こうして帝国司書としてそれなりの生活ができている。実家を悪く言うのは良くないが、剣士として生きるよりはよほどいいと思っている。不安に思うのなら、こう考えてみろ。もしいつか、戦う必要のない平和な世が訪れたら、とな」

「……！」

「その時必要になるのは武力ではなく、未来を切り開く知力だと、私は思う。だから、若いうちに学ぶのは決して無駄ではない。弱くなるなんてありえないと断言する」

柄田は不器用な男であった。いつもは明るく朗らかな少年が自虐的になって落ち込んでいるのを見て、哀れに思ったから慰める……ということすら素直にできない、なんとも堅物な男であった。柄田本人としては立派な慰めの言葉であったのだが、これではどちらかというと説教である。

しかし、三八がそれを噛み砕いてやる必要はなかった。唯助は柄田が非常に不器用で、素直ではなく、とんでもなく四角四面な人物であることに気づいていたから、自分を慰めようとしてくれていることが分かった。

「……へへ、ありがとうございます。柄田さん」

柄田はふんと鼻を鳴らしてそっぽを向いた。湯けむりに紛れているから気のせいなのかもしれないが、唯助には心なしか彼の顔が赤く見えた。

＊

唯助は夕方、すっかり疲れて眠りこけてしまったせいで、なかなか寝付けず、布団の中で見慣れない天井を見ていた。

そんな中、温かい匂いがした。

いつの間にか、夢の中にいるらしい。夢だと自覚できているということは、これは明晰《めいせき》夢《む》だ。

どこかで感じたことのあるような、そうでもないような、変に馴染み深い匂いがした。

「唯助、唯助、いい子、いい子」

覚えのあるような声だ。覚えのあるような台詞だ。

というのは、こんなに優しい声を掛けてもらったことはないから。

懐かしい気がするけれど、記憶にないからだ。

母は……そう、母は、そもそも唯助を寝かしつけたことなどない。彼の中にそんな事実はない。

母は気づいた時にはいなかった。気づいた時から、自分は父と兄と、何人かの下の兄弟に囲まれていた。

母の声を、覚えているはずがないのである。

だって、唯助の記憶にはそもそも母がいなかったのだから。

ならばどうして、どうしてこんなに温かい声が、母のものだと分かるのか？

——違う、分かるわけではない。なぜか、理由は不明だが、そうだと思わされてしまっている。

「……おふ、くろ？」

「いい子、いい子ね。可愛い、可愛い、私の子」

母でもない声に、お袋などと呼びかける。明晰夢とはいえ夢の中なのだから、頭でおかしいと分かっていても、おかしな言動をしてしまう。やがて、そこを疑問にさえ思わなくなった。

懐かしい匂いと温かい声に、ゆっくりと、あまりにも自然に起こされた。これが夢か現実か曖昧なまま、唯助は母の声を追って歩き出す。

「おいで、おいで」

微睡んでいても、なぜかはっきり聞こえる母の声を追いかける。

部屋の外に出る。湿った廊下をぴたぴたと歩く。階段で転ばないようにゆっくり下りる。

温かい匂いがどんどん近づいてくる。

雨の音がさらさらと響く。

「唯助、唯助、こっちにおいで」

母の声が近づく。よく見えないが、何やら手招いているようだ。

背景がなんだか青い。青くて、廊下も青く染まっていて綺麗だ。

「そう、そう、こっちよ。怖がらなくていいのよ、そのままおいで。そう、こっちへ、私のもとに。私のものに。——《私のものにお成りなさい》」

＊

唯助の全身の毛が逆立った。ぼやけていた視界が一気に蘇る。

青紫陽花の広がるそこは、昼間も通った渡り廊下からも離れた、庭のど真ん中であった。

「……待って。おれって母親知らねーじゃん⁉」

そう、全ては唯助の妄想である。ちょっと夢を見て描いた、憧れの、理想の母親である。

優しい笑顔、あったかい匂い、温もり、落ち着くような声音。これらは全て、唯助の妄想である。

《どうして⁉　このガキ、なんなの⁉》

女の声の質が明らかに先ほどと違った。唯助の目の前にいたその女は、まさしく『お化け』であった。

雪のように白く、ではなく、死人のように青白く。桜色のぽってりした唇、ではなく、耳まで裂けた平たい唇。丁寧に結われた黒髪、ではなく、乱雑にとっちらかった黒髪。

——そう、唯助が大の苦手とする、怪談のお化けの姿そのものである。

「いやぁぁぁぁァァァァァァ‼　出たァァァァァァァァァァァ‼」

《騒々しいわね、このガキ！》

元から声のデカい唯助の、さらに輪をかけてデカくなった超大音量の絶叫が、周囲にビリビリと響く。口の裂けた女幽霊は苛立ったように声を上げ、唯助に飛びかかった。

《数日ぶりの若い男！　逃がすものかッ！》

とてもうるさいが、涙目で叫び怯える少年など恐るるに足らず。女幽霊は、目の前の少年を捕らえようとした。——その瞬間であった。

ばちんっ！

唯助の耳に炸裂音《さくれつおん》が響く。肌を一瞬だけ裂くような痛み。しかし、実際のところ、その痛みは現実のものではなく、唯助の体がばちんっ！　という音を聞いたことで、反射的に蘇らせた、痛みの記憶である。

《ぎゃっ⁉》

そして、実際の痛みの体験は、女幽霊のほうにだけ入った。

《なに、これ……禁書の【毒】……？》

唯助は思い出した。自分も一度だけ、この痛みを――正確には女幽霊が受けた半分以下の痛みを体験していたのだ。

そう、あの部屋に入ろうとした時だ――臙脂色の暖簾が、唯助の脳裏をよぎる。暖簾をくぐろうと触れた途端、痛みは起こったのである。

「下がれ、唯助！」

突如、第三者の声が響き渡る。唯助の後方、先ほどまで自分が寝ていた部屋の窓から、その声は落ちてきた。

先ほどの小さな炸裂音とは比べ物にならない地を叩き割るほどの巨大な音、衝撃。それらとともに、女幽霊と唯助の空間を青い閃光が裂いた。

――巨大な雷《いかづち》である。

「大陽本帝国司書隊図書資産管理部禁書回収部隊第一班班長――柄田修一郎。参る」

土煙にまみれ、非常に長い口上をなめらかに言ってのける柄田が、唯助の眼前に立っていた。

閑話　ある女

祖父から父へ、父から男へ受け継がれたこの蔵にはひとつ決まりがあったのだが、男の父ときたら、それを息子に伝えなかったのである。

ゆえに、男はその決まりを知らされることはなかった。


一昨年の十二月のことである。

連日の寒風が一度だけ弱まった日に、男は蔵の掃除をしていた。土に埃にまみれて咳《せ》き込みつつ、蔵の中身を運び出していた。

中から出てくるのは先祖代々受け継がれてきた宝物の数々、例えば絵巻、外国由来の壺、鮮やかな模様が描かれた皿や、歴代の家計簿、家系図やらである。

ただ、中に一つだけ妙なものがあった。漆塗りの箱である。それも、布をぐるぐる巻かれ、よく分からない文字や紋様を描いた紙切れが貼られ、何やら物々しい様相の箱である。見た目からしてとてつもなく怪しい代物だし、少し臆病《おくびょう》であれば箱を開けたりはしないだろう。

ところが男は、怖がりなくせに好奇心は旺盛という面倒な性質の持ち主であった。蔵から運び出したそれを前に小一時間悩みまくって、その末に開けたのである。紙切れを剥がし、布を解き、箱を開けて出てきたのは、一冊の古びた本であった。——ただの本であった。物々しいわりに中身は平凡で拍子抜けである。なあんだ、と男は本を捲り、中身を読み進めた。

男はその晩、夢を見た。ある女の夢である。ある女が、男に囁いている。何を囁いているかは分からない。分からないから近づく。ある女は、そう、もういなくなって久しい、あの人であった。

「紫鶴《しづる》！　紫鶴じゃないか！」

男は愛しい名を、誰より愛した名を呼び、手を伸ばし、腕に抱きしめた。毎晩毎晩夢を見て、その度に女を抱きしめ、夜を過ごした。

——しかし、それが禁忌であると、男は知らなかった。知らされなかったのだ。祖父からも、父からも、知らされなかった。

祖父も、父も、ただちょっと忘れていただけなのだけど、それがちょっとでは済まされない事態を招いたのである。

＊

男はほどなくして二度目の結婚をした。

相手は紫蔓《しづる》という、前妻と同じ名前の女であった。

名前だけではない。肌の色も、薄い唇も、小柄な身の丈も、髪の質も、全てが前妻と同じ。前妻と同じ笑い方をして、同じ香りを纏わせて、同じ味の料理を作った。それこそ亡くなった前妻ともう一度結婚したようであった。前妻との死別を深く悲しんでいた男にとっては、夢のような出来事であった。

男が悲しみから復活したおかげか、彼が切り盛りしていた宿はさらに繁盛した。気さくな主人に、美しい名物女将。それに、受け継がれてきた大紫陽花の庭。東西南北からそれらを求めて客はやってくる。

男が一番幸せだったのは、恐らくこの時期であった。

＊

紫蔓は最初こそ男に尽くしていたが、それもほんの数ヶ月ほどであった。

女将となった紫蔓は悲しいかな、非常に不埒な女であった。結婚した旦那では満足できず、客に手を出すようになったのだ。

彼女が決まって手を伸ばすのは若い男の客。少し助平心を持ち合わせていれば、客はころりと紫蔓に手を出してしまう。紫蔓は喜んでそれに応じ、客を片っ端から貪《むさぼ》るのである。

四十路の枯れた旦那になんてもう興味ないの、とでもいうような、随分とあからさまな態度になったのだ。だというのに、男ときたら大変未練がましい性格であった。こんなふしだらな嫁を、それでも愛していたのだ。いや、男にはもはや前妻との区別がついていないから、紫蔓を愛していたと断言するには微妙なところではあるのだけど。

とにかく、男は紫蔓を愛していて、その不埒ぶりを明確に咎《とが》めることなく、だらだらと夫婦関係を続けていたのである。

＊

男にもう少し勇気があれば良かったのかもしれない。あるいは、まともな貞操観があれば良かったのかもしれない。

紫蔓の不埒ぶりはさらに輪をかけて酷くなり、こっそり貪っていたのが次第に露骨になっていった。若い男の客、それも見目麗しい美男子と見れば、たとえ相手にそんな下心がなかったとしても手を出すようになった。

もはやここまでくると暴食である。さすがに男や男の親戚たちも紫蔓を咎めたし、前妻との間に生まれていた子たちも、継母の紫蔓を揃って忌むようになった。

当然、男癖の悪すぎる女将がいる、という悪評も広まったので、客足も帝都の者たちを中心に減っていった。これこそが悪循環、男にとって本当の悪夢の始まりであった。

若い男に飢えた紫蔓はついに、十八歳の誕生日を迎えた男の長男に、最も忌むべき方法で手を出してしまったのである。

＊

紫蔓――ある女は、そもそもただの譚本が見せた幻である。記憶の中の大切な女性、愛した女性、あるいは憧れの女性を思い起こさせる、そういった性質を持った譚本が見せた夢である。

男はそんな甘い夢を手放せなかった。いつまでもいつまでも夢を貪り、愛しすぎてしまったから、男は囚われたのだ。

そうして女は、知ってはいけない蜜の味を覚え、それを貪るために夢を悪用するようになった。歪められてしまった甘い夢は現実を蝕む【毒】となり——禁書『ある女』は生まれた。

ある女にとっても、男にとってもさらに不幸だったのは、そこが人気の旅館という、人が集まりすぎる場所だった点である。若い男を食べ放題、選り取りみどりでつまみ食い、ああ嬉しや楽しや甘露なり——そうして肥大した禁書『ある女』は、ついに止めようがなくなったのだ。

あろうことか、男はその禁書の【毒】を庇うように、庭の大紫陽花の下に埋めた。それはまだ、紫陽花が咲く前の、今春の話であった。

四

「…おい、七本。おい」

「んぁ」

〈かかったぞ。唯助が連れていかれた〉

〈ああ、やっぱり狙われたか〉

〈ああ、予想通りだ。というか、さっさと目を覚ませ。なに本当に眠ってるんだ〉

〈だって小生も疲れたもん〉

〈呆れた。お前の部下だろうに〉

〈まあまあ、あの子は大丈夫だよ。夕方に眠らせて眠りを浅くしておいたし、【栞】もある。しかし囮に使って悪いことをしてしまった。あとで高い寿司でも奢《おご》って許してもらおう〉

〈……囮にするための仕込み、か。だが、もっと他にやり方があったのではないか。あんな芝居、気持ち悪くてやってられん〉

〈なに、相手がどう出るか興味が湧いたのさ。衆道《しゅどう》を好むような癖があるかないかで狙い方

も変わるだろうし。だが、どうやらその趣味はないらしい。あったらそれはそれで面白かったんだが〉

〈貴様、そんなことで私をあんな目に遭わせたのか？　最悪だな〉

〈許せ、唯助が狙われる確率を上げる意図もあったんだ。君は顔がいいからね〉

〈ますます最悪じゃないか〉

〈まあまあ、一応帝国司書の君が狙われたら困るじゃないか。さて、お喋りはこのくらいにしよう。唯助を頼んだぞ〉

〈了解した。なるだけ手早く読み解いてくれよ〉

*

《帝国司書？　ああ、先日やってきたあの男ども。あれなら全員頂いたわ、そんなに美味しくなかったけれど、腹のつなぎにはちょうど良かった》
にやにやと卑しい笑みを浮かべる女を、柄田はより一層強く睨む。
柄田の手に握られていたのは、青い雷光そのもの。火花を散らす一筋の力強い閃きは、一振りの太刀であった。捻った腰を低く落とし、左手で刀の鞘を持ち、右手を柄に添える姿は唯助も既に知っている。——居合の構えであった。

「そうか」

怒気を孕みつつも、柄田の声は酷く落ち着いている。それは孕む怒気が氷点下の冷たさを持つからか。

《よく見たら、お前もなかなか良い顔ね。衆道の気があったみたいだから避けたけど、美味しそう》

「ぶっ」

柄田の氷点下の怒気が、不意の噴出音によって断たれる。

「違う！　断じてそういうわけではないッ!!」

分かりやすすぎる動揺である。それでも構えを崩さないあたり、さすがは端くれといえど剣士の柄田だ。

さて、後ろで庇われていた唯助はまだまだ世間知らずなのだが、そんな彼の口から出た純粋な質問が、波の立った水面のような彼の精神に追い打ちをかける。

「柄田さん、シュドーってなんです？」

「私に聞くな！」

「ああ、うん、はい？」

柄田が怒る理由も唯助には分からない。なぜか怒られた唯助は（そんなに怒鳴らなくても）と不服に思いながら口を尖らせた。

《お喋りは済んだ？　じゃあ》

女の爪が急激に伸びる。長く太く鋭く伸びたそれは、獲物を狩るための武具だった。

十本の刃が柄田の体を切り裂かんと襲いかかる。柄田はそれに動じることなく、じっくりと見据え――刀の柄を握っていた右腕をふいっと振った。否、振ったなんてものではない。軽く握っていた柄《つか》を、ほんの少し動かしただけ。抜くなんてものではなく、するりとすべらせた程度の軽い動作。

それが、女の爪を全て弾いた。

《つぐ⁉》

たった一筋の稲光――それも、その残光すら目に捉えられない速度で放たれた連撃によって、女は自分の武器が弾かれたことが分からなかった。女に感じることができたのは、指先に残ったビリビリとした衝撃の余韻だけである。

しかし、後ろでそれを静観していた唯助には、柄田の瞬時の動作が見えていた。

（……なにが『武術の才はまるでない』だよ）

日頃からの柔術の厳しい訓練により、肉体や五感を鍛え上げていた唯助には、柄田が何をしたのか辛うじて捉えられたのだ。ゆえに、それが人並み外れた技であることも見た瞬間に理解していた。

「どうした。先ほどまでの余裕はどこに行った？」

《ぐ……っ、おのれ……！》

明確な形勢逆転であった。先ほどまでご馳走を前に舌なめずりしていた女は、いまや当のご馳走に牙をむかれ戦慄《せんりつ》している。

「唯助、教えてやる。あのように凶暴化した禁書の毒に対抗する力は、人間に存在しない。禁書の【毒】とは、人間の作った武器などまるで通用しない悪鬼羅刹だ」

一応、唯助が見学のために来ているという事情を汲んでいるのだろう。柄田は親切なことに、この状況下で、唯助を教育していた。それは班長という、隊員を率い導く者であるからこそなのかもしれない。

「だから、人間は対【毒】専用の武器を持って抗う。禁書士は、それが許された存在でもあるのだ」

柄田は空いた右手を腰に伸ばす。浴衣の帯の下に括りつけられていたのは革製の袋。その中に収まっていた一冊の本に、柄田は触れた。

「一瞬だ。よく見ておけよ、唯助。これが悪鬼羅刹を砕く禁書士の【毒】だ。――禁書

『神鳴郷《かんなりごう》』」

　本から青い光が漏れ出す。それは、唯助が愛してやまないあの光景の、逆再生である。

　本は青い光を放ち、崩れ解けて無数の糸となり、触れていた柄田の右手から体内へと入ってゆく。

　――青い雷を纏った糸。それらが、柄田の全身を瞬く間に駆け巡る。

《ぐああっ！》

　女が悲鳴を上げる。何をされているのかも分からないまま。視界の真正面から突進してきた柄田の刀に、幾重にも斬り刻まれていることを理解できぬまま。まして、武器の爪で攻撃を阻むなんてこともできぬまま。

「もう少し耐えてみせろ。貴様に食われた部下や男たちの苦痛を、私はまだ負わせ切っていないぞ」

　いつの間にか空中にいたらしい柄田は、再び唯助を庇うように着地した。あんなに素早い移動をし、光速の斬撃を幾度も繰り返したというのに、柄田は少しも息が上がっていない。

　女と柄田の戦力差は圧倒的だった。

《ふふ、ふふふ》

　しかし、女はなぜか笑い出した。恐怖でおかしくなったとかいう類の笑いではない。心の底から喜んでいるような笑いだった。

「何を笑っている」

《強い、強い。こんなに活きのいい若い男、ますます逃すわけにいかないじゃない》

女は柄田に散々斬りつけられてよたよたしているのに、愉快そうに、嬉しそうに笑っている。否、よたよたしているのではなく、女が嬉しくて笑いを堪えきれないばかりに揺れているのだ。

突如、二人が立っていた廊下が振動する。体勢を崩すほどの揺れではないが、渡り廊下全体をぶるぶると揺らすには十分な振動。振動の源は四方八方——つまり、庭のあちこちからである。庭のあちこちの地面が、隆起していた。

《おいで、食べカスども》

女の号令に応えるように、隆起した地面から次々に腕が生えてくる。既に白骨化した、この女によって骨だけにされてしまった、骸《むくろ》たちである。

「食べカス、だと?」

《ええ。この庭に引きずり込んで、弱らせてから食べてやったの。でも、一番美味しそうだったあの子は途中で見つかっちゃったから、ひと口も食べられなかった。あれは惜しかったわ》

「……私の部下もか」

《ええ。気持ちいい夢を見せたらすぐに引っかかってくれたわ。帝国司書も案外なんてことなかったわね。間抜けなツラして幸せそうに死んでいったわ》

静かに、音も立てず、柄田の体を冷たい怒りが満たしていく。それを愉快そうに笑う女。

《あの男を捕まえなさい。後ろのガキは後からゆっくりと食べてあげる》

女が指さすままに、白骨の骸たちは柄田に襲いかかる。

「いやぁぁぁぁぁ!!　骸骨は無理!!　無理だってェ!!」

せっかく女幽霊の見た目に慣れてきたのに、大のお化け嫌いである唯助はまた醜態を晒す羽目になった。柄田は骸骨が襲ってくる光景にも冷静に、唯助の大音量の絶叫にも腹を立てず、二十を超える骸たちを相手取って斬り刻む。

「まったく、惨い仕打ちだな。つくづく反吐《へど》が出る」

――死体になっても操られ、動かされてしまうとは。

柄田はまだ全貌を理解しているわけではないが、先ほど女に連れていかれかけた唯助が、なんらかの幻覚を見せられていたのであろうことくらいは察していた。

――明確に解を与えるならば、唯助が母の幻を見て囚われたように、骸たちは骨だけになっても女の幻に囚われているのである。いまや骸たちの仲間となっている柄田の部下も、母だったり妻だったり娘だったり、大切な女性の幻に囚われている。柄田を襲うのは、死んでも幻に囚われ操られ続ける、哀れな骸たちだった。

《無駄、無駄。そいつらは食べカスだもの。もう命なんてない。いくら斬っても駄目、死ぬことなんてもうないのだから》

「……この下衆《げす》め」

怯むことなく骸を斬っていた柄田は一度女から距離を置こうとするが、骸は斬られてもお構いなしに柄田を捕らえようとする。骸の気味悪さに怯えながらも、なお戦況を見守っていた唯助は、柄田が疲弊《ひへい》しつつあることに気づいた。女もまた、それに気づいていた。

《大人しく食べられなさい、心地好い夢を見せてあげるわよ》

「頑として断る」

《そう。なら、骨も残さず食べてあげる！》

骸たちが一斉に柄田に襲いかかった。

真上から覆い被さるように。

周囲一帯の、柄田の抜刀術が及ぶ領域を避けるように。

女が勝利を確信した、まさにその時——突然現れた焔が、全ての骸を綺麗に呑み込んだ。

「禁書『焔神楽《ほむらかぐら》』」

一瞬のことで事態が呑み込めない女と唯助。止まったその時間の隙間からするりと入り込むように、なんとも気の抜けた男の声がそこへ滑り込んだ。

「貴様にしては遅かったな。もっと早く読み解きできるだろうに」

「いやあ、すまんすまん。こいつ、大紫陽花の根がぐしゃぐしゃに絡みついていたものだから、破らないよう掘り起こすのが大変でね。読むよりも時間がかかってしまったよ」

湿った本で扇ぐようにして、ひょろりと蛇のように立つ寝間着姿の男は、言うまでもなく――この旅館に泊まっていたもう一人の禁書士・七本三八であった。

*

焦げついたにおいが辺りを包む。しかし、そこで焼かれたものと言えば、骨になった骸だけであった。突然現れた焔は、囲まれていた柄田も、渡り廊下の木材も、さらには女も焼くことなく――骸のみを正確に狙って焼いたのである。

《な、っ――!?》

またも予測しない事態。二十を超える下僕《げぼく》を瞬く間に灰にされた女は、再び不利に追い込まれる。骸たちを灰燼《かいじん》に帰した壮絶な焔を操ったのは、柄田ではなく、この場には不似合いすぎる細身の男だった。

「乱用したせいで譚本が変異してしまったか。ああ、ああ、可哀想に。君も元々は純粋に心地好い夢を見せるだけの善良な譚だったろうにね」

男が扇いでいたその本――目のいい唯助には本の表題も見えていた。

「『ある女』。大切な家族、大切な恋人、友人――それらを『ある女』という登場人物に託し、彼らとのかけがえのない絆を色彩豊かに紡いだ譚本。良い譚ではないか。こんなに暗く誰の目にも届かないような土の中に埋めておいてはもったいないくらいの、良い譚だというのに。誰だね、こんな可哀想なことをしたのは」

男――七本三八は、本を片手になんとも切なげなため息をついていた。実際、本当に切ないのだろう。女を毒物へと至らしめ、あろうことか庭に埋めたその者を軽蔑《けいべつ》せざるを得ないほどに。

「大人しくしろ、貴様に逃げ場などない」

《くっ……‼》

比類なき速さを誇る剣技を持つ柄田と、下僕を一瞬にして焼き払った三八。前と後ろから挟まれてしまった女に、もはや逆転の余地はなかった。

しかし、女は大変往生際が悪かった。軽率であった。

柄田と背後に庇われた唯助を諦め、せめて柄田よりは身体能力がないであろう三八に、爪で襲いかかったのである。

冷静でなくとも普通に考えれば分かるだろうに、追い詰められすぎて普通の思考力すら保っていられなくなった女の――最大の誤判断であった。


バチンッ!!


それは炸裂音である。唯助を守った炸裂音の、数十倍の威力を持った一撃である。

《え》

女は痛いとさえ感じなかった。感じる前に、爪どころか体ごと弾かれたのだ。

「触るな。小生の肌に触れていいのは、我が愛妻だけだ」

女は、この男だけでも食って力をつけ、柄田に対抗するつもりであった。しかし、どうだろう。女は驚く間もなく、三八から吹っ飛ばされてしまった。まるで寄ってきた蝿《はえ》を手で払うくらいの軽さで、払われてしまったのである。

――女には見えていなかったが、唯助にはほんの少しだけ見えていた。女を払ったのは正確には三八ではなく、三八ではない別の何か。三八のものではない黒い残像である。

「あ、そうそう。柄田の名誉のために一つ話しておこう。君が勘違いしていたあのやり取りは『こちょこちょ』だ。柄田の足の裏を小生が擽《くすぐ》って遊んでいたのだよ。柄田めが頑張って声を抑えちゃったからあんなことになってしまったのだ。君は衆道嫌いだから柄田と小生を避けたのであろうが、柄田には一途に想いを寄せる娘がいるし、小生に至っては妻帯者なのでな。そのへんよろしく頼む」

敵がぽかんとしているところへなぜそんなことを話すのか。思わぬところでとんだ発言をされてしまった柄田は、先ほどの勇ましさを全て吹っ飛ばすように怒鳴った。

「今その話をしている場合か!!　敵前でよくもまあいけしゃあしゃあと抜かしおって!!」

「え、柄田さん片想いしてる人いるんですか?」

「やかましい!」

「いてぇ!?」

純粋な質問をしてしまった唯助もついに柄田の拳骨を食らってしまう。敵前という緊迫した状況下でボケ要員を二人も相手取る柄田は、もはやツッコミの鑑《かがみ》である。

「さて、君には本の中に戻れと言いたいところだけど——君、一体何人食ったのかな?」

弾き飛ばされて尻もちをついていた女に、三八が一歩近づく。彼はこんな状況下でも、まだ笑っていた。

「小生の可愛い部下は未遂で済んだが、柄田の三人の部下は食ったのだろう？　他にこの家の長男を含め、死体の数からして二十人は食っているね？」

通常、人より速く回る三八の口は、この時に限ってはゆっくりであった。じっとりと女に這い寄る足音に比例し、話し口もまたじっとり、ゆっくり、女を追い詰める。

「まあ、元は君のせいではないのだけどね。君という譚本を乱用した人間のせいで変異させられてしまった経緯については同情しよう。だとしてもだ――これはちとやりすぎだろう」

三八の口元からふっと笑みが消える。それは怒りではなく、悲しみでもない。彼の心が感じ取ったそのままの感情の表れ、女に対する哀れみと虚しさである。

「ま、待ってくれ！」

三八の足がピタリと止まる。柄田の後方から、さらに新たな声が庭に響いた。

「やめてくれ、紫蔓は、紫蔓だけは見逃してくれっ！」

声の主は、旅館の主人であった。

「もう、こんなことさせないからっ……俺が責任もってちゃんと更生させるから！　その本を、戻してくれっ！」

主人の言う本は当然ながら、三八が持っている本である。三八の表情は不動だった。

「ああそうか、元凶は君か。道理でにおうはずだ。文字通りの鼻つまみ者というわけか」

三八の目は前髪で見えないが、彼は明らかに主人を蔑《さげす》んでいた。三八だけではなく、柄田も、ことの有り様を全て理解していない唯助でさえも、主人を唾棄《だき》すべきものとして見ていた。

「頼む！　俺はどうなってもいいから、そいつだけは助けてくれ！　そんな奴でも、大事な家内なんだ……！」

主人は声をガタガタと震わせながらも、額を床に擦りつけていた。誰もそうはしていないのに、まるで誰かに頭を踏みつけられているようにも見えるほどの、必死の土下座であった。

だが、その姿を哀れと思いながら見る者など、この場にはいない。主人は無様なのを通り越した、虫けら同然の矮小《わいしょう》な声で許しを乞う。

不愉快でしかない懺悔《ざんげ》を容赦なく切り捨てたのは、柄田であった。

「黙れ、痴《し》れ者」

柄田は地の底から響くような声で、腹の底を揺らすような声で主人を糾弾する。

「貴様が罰を受けるのは当然だろう。譚本が禁書化したことを分かっていながら、なぜ帝国司書隊にそれを申し出なかった？　無資格者の禁書の所持は明らかな法律違反だ」

同じ軽蔑の視線を向ける三八や唯助と違う点を挙げるならば、柄田のそれには、二人よりも遥かに存在感のある激しい怒りが混じっていることであった。柄田は、この三人の中で誰よりも激しく、冷たい怒りを主人に向けていた。

「まして貴様は禁書の毒に人が襲われているのを知りながら、それを黙認していた。いや、違うな。もはや黙認ではなく、生贄《いけにえ》にしていたんだろう。ここを訪れた客も、私の部下も……自分の息子さえも」

柄田はそれでも冷静だった。本当はこの男に唾を吐いてやりたいし、不愉快な顔面を足で蹴り潰したいし、見当違いな戯言ばかりを述べる舌を串刺しにしてやりたいほどの怒りを抱いている。にもかかわらず――人として越えてはいけない線をギリギリのところで越えずに堪《こら》えている。

「貴様が身勝手に黙っていたせいで、少なくとも二十人は犠牲になったんだ。――だから、黙って見ていろ」

女の正面までひたひたと歩いてきた三八の手には、新たな別の本があった。

逆再生が巻き起こる。三八の手にあった本が一部崩れ、解け、糸に戻る。それは、唯助が今まで見た中で、もっとも黒く淀んだ色彩を放つ糸であった。

糸が三八の足元に一度沈み、再び足元から生えながら、三八の体にまとわりつくように形を作っていく。――巨大な、三八の全身にぐるりと巻きついた、黒い蛇であった。

唯助はもう一度、あのばちんという炸裂音を――女を払った黒い残像を思い出した。朧脂色の暖簾をくぐろうとした時に一瞬だけ感じた、肌が裂けるような感覚。それを与えた主を見た唯助の本能が、その感覚を理解せずとも呼び起こしていた。

（こいつだ。あの時おれの指を叩いたのも、おれを守ったのも、こいつだ）

それだけではない。四月の、唯助が初めて七本屋に泊まった日の晩――唯助を店から出さないように独りでに硝子戸が閉まったのも、三八の足元の影からひそかに伸びていた、一匹の蛇の仕業であった。

「『糜爛《びらん》の処女』、少し喰ってやれ」

牙を向いた黒い蛇が女に喰いかかり、すり抜ける。一見すると実体のない黒い蛇の幽霊が、女の腹あたりを通り抜けていったようであったが、変化は急激に訪れた。

《ぎゃあああああああああッ⁉　ああっ、が、ああああッ‼》

女が苦悶の悲鳴を上げて、ごろごろとのたうち回る。蛇がすり抜けていった腹が、みるみるうちに焼け爛《ただ》れ、溶けていった。

「最上級の凶悪さを誇る【猛毒】だよ。君、少し反省しなさい」

まるで悪戯をした子供を躾ける親のような口ぶり、しかし、やっていることは相手が幽霊であることを加味しても、なかなか凄惨なものだ。女の体は腹からじわじわと焼かれ、かといって彼女の命を奪うような大きすぎる傷は与えず――少し喰ってやれという命令通りに加減された【猛毒】は、女に最上級の痛みを長々と与えた。

　三八はそれに精神的な苦痛や負担を覚えた様子を欠片も見せることなく、しかしほんの少しだけ「可哀想に」とでも言いそうな哀れみの目を向けている。

「もう十分かな。ほら、戻っておいで」

『ある女』の本を開き、三八は女に向ける。ほぼ全身の表面を焼かれて爛れていた女の体は、ほろほろと崩れて糸になる。糸は本の中へ、吸い寄せられるように還っていった。

*

　前段にて唯助が並べた、七本三八という男の肩書き――『譚本専門貸本商』『稀代の譚本作家』――そこへあえてもうひとつ肩書きを付け加えるなら。あるいは、彼を総括する答えを示すとするならば。

　――七本三八は、『無類の本好き』であった。

　彼は国内でも最難関と言われる、決して生半可な覚悟で挑むべきではない禁書士の資格を趣味で取ってしまうほどに本を愛している。なぜ禁書士の資格を取ったかといえば、それは至極単純、資格なしでは読むことができない禁書を好き勝手に読み漁るためだ。

さて、そんな彼の、無二の領域にまで熟達した特技は速読であった。たった一度、本をばらばらと捲るだけで、内容だけではなく一字一句の筆致すら味わい尽くし、把握してしまう能力。質を損なうことなく、大量の本を読み漁るために会得した、規格外の能力。根掘り葉掘り真の髄まで本を味わいしゃぶり尽くす、ただそのためだけに視覚と脳を適応させてしまった三八は、まさしく『無類の本好き』と言うより他ない。

そして、この肩書きこそが――彼を譚本における最高峰の存在へと押し上げたと言って差し支えなかった。

盤根錯節《ばんこんさくせつ》の譚をするりと解し、自らも至高の譚本を紡ぐ、国内最高峰の文豪。

七本三八は大陽本という国で最も譚本を愛し、譚本に愛された男であった。

結

ガタンゴトン、ガタンゴトン。

　唯助は車窓の風景をぼんやり見ていた。帝都の街並みは瞬く間に遠ざかっていく。帝都に入る前は舞い上がっていた唯助も、帰りのこの時は随分落ち着いていた。

「その本、どうしたんです？」

「これか？　音音が読みたがっていた料理本だ。柄田に頼んだらすぐ見つけてくれた」

「音音さん、やっぱり料理が好きなんですね」

「ああ。店を開いたらどうだと言ったこともある。だがあの娘、自分の料理の腕は小生のために振るいたいのだと言ってな。まったく、本当に可愛い娘だよ」

「夫婦仲が良くて何よりです」

　そんな会話をしている二人が目に浮かぶようだ。こう言っては失礼だが、変人奇人の三八がなぜ音音という絵に描いたような良妻を傍に置けるのか、唯助はこの旅で少し理解した。三八は音音が言う通り、本当に優しい人なのだ。無知な唯助を責めることなく、労を惜しまず知識を与えてくれるような優しさが、この男にはある。音音はその優しさを、愛情を一身に受けているのだ。

——妻を愛する、という点では同じなのに、つゆのやの主人はそれを違えてしまった。妻への想いを拗らせたあまり、自分本位になりすぎたと言ったほうがいいのだろうか。

「……旦那。あの譚本、どうなるんですか？」

禁書となってしまった、譚本『ある女』。唯助は閲覧ができないため内容のみ聞かせてもらっただけだから、三八が実に良い譚だと言っていた理由を十全に感じることはできなかった。けれど、【彼女】が見せた幻は、たとえ嘘だったとしても、唯助にとって心地好いものだったのだ。

「禁書化してまだ時間が経っていなければ戻る可能性もあったんだが、あそこまで歪んでしまっていたら、もう元には戻らないだろうな。残念なことだ」

三八は頬杖などついて、「可哀想に」と憂鬱《ゆううつ》そうに呟いた。譚本を愛している三八にとって、譚本の禁書化はそれだけ惜しいことなのだ。

「——唯助、花の終わりには様々な表現があるのだが、知っているか？」

しばらく車窓を眺めていた三八がふいに唯助に問いかける。唯助はそれに対して、首を横に振った。

「桜は『散る』と言うし、梅は『零《こぼ》れる』と言う。それを踏まえて、椿はどう表現すると思う？」

「椿……あ、『落ちる』ですか？」

「そうだ」

散る、零れる、落ちる――

ただ花が枯れるということを指しているだけなのに、枯れ方でこうも万様に変化するとは、と唯助は感嘆した。

「では、紫陽花は？」

続く三八の問いに唯助はあの大紫陽花を思い浮かべた。

*

あの後、つゆのやの主人は柄田によって捕縛された。禁書化したことを届け出なかったこと、それをそのまま所持し続けたこと、禁書の毒を放置して被害を拡大させたこと。身勝手な感情で罪を重ねてしまった主人に、情状酌量《じょうじょうしゃくりょう》の余地などありはしなかった。

――ただ一つだけ、一つだけ、唯助と三八が同情しかけた点があった。

主人は、蔵から出てきたというその本が、譚本の原本であったことを知らなかった。幻が譚本による現象であることも知らなかった。つまり、やってはいけない譚本の乱用をしていたことも、それをしたせいで譚本が禁書化したことも知らなかったのである。

「譚本の用法は擬似体験だからね。少し夢を見ることができる。上手く使えば人の心を豊かにし、心の病を治す薬にも使えるのだが、それに溺《おぼ》れて乱用するとこうなる。だから写本がある。譚本の写本はただのインクで印刷された、ただの読み物だ」

そう知らされた唯助も、譚本の原本で夢を見ることができること、誤った使い方で最悪の事態を招くということまでは知らなかった。譚本専門の貸本屋に勤めていながら、それを知らなかったのである。彼の場合は単に知らされる機会がなかっただけなのだが……それでも一歩間違っていれば、つゆのやの主人のように譚本の原本を知らぬ間に乱用していたかもしれない。

今回のつゆのやの事件は、「無知とは恐ろしいものである」と唯助に強く思わせる事件でもあった。

＊

　宿の大紫陽花を思い浮かべつつ、唯助はううんと頭を捻り、頭どころか首まで捻って考える。

「枯れる……いや……この流れで枯れるなんて言わないですよね？　じゃないとしたら……うーん……」

「分からんか？」

「ちょっと思いつかないです」

「紫陽花はな、『しがみつく』と言うのだよ」

「！」

　……あまりにも、そのまますぎる表現であった。唯助は胸が急に重くなったようだった。まるで肺の中に石を詰め込まれた気分だ。

「紫陽花は花が枯れてもなお散らない。椿のように枝からぽとりと落ちたりもしない。枝にずうっとしがみついたまま朽ちていくのさ。まったくもって美しく、未練がましく、悲しく……どうにも救いようがない譚だった」

　独り言のようにも聞こえる語りをする三八の表情は、哀愁《あいしゅう》に満ちていた。彼の目なんて見えやしないのだけど、いつもお気楽に笑っている三八が笑っていないというだけで、唯助の心を切なくするには十分であった。

ガタンゴトン、ガタンゴトン。

電車の鳴き声が夕方の車両に響く。

車両の中には少年が一人、妙齢の男が一人いるのみだった。

「……禁書の【毒】って言ってましたよね。あの時旦那や柄田さんが使ってたのも、あの女と同じものだったんですか」

「ああ、そうだよ。術本や譚本に用法があるように、禁書もまた用法があるのだ。しかし、本を使うには当然読み解きをしなくてはいけない。術本の禁書は普通のものと変わりないから説明するまでもなかろう。問題なのは、譚本の禁書だ」

「……禁書って、閲覧も使用も禁じられてますよね。術本は使われると犯罪に繋がるから。……でも、譚本はそうじゃなくて、使うと危険だからですか?」

「察しがいいな、褒めてやろう。その通り、心得のない者が禁書を使うと、あの女幽霊と主人のように制御が利かなくなる。それに、譚本の禁書に至っては、読み解くこと自体が危ないのだ」

「と言うと?」

「譚本の用法は擬似体験だと言っただろう? つまり、譚本を読み解くには本に書かれた内容を身を以て知る必要があるのだ。要するに、本の内容をなぞった擬似体験をさせられる。――そしてそれは、禁書とて同じこと」

「！　【毒】を、体験するってことですか？」

「そう、【毒】を身を以て知らなくては、譚本の禁書は使えん。禁書『ある女』を例にするならば、あの女幽霊に幻を見せられ、襲いかかられる擬似体験をさせられるわけだな。逆にそれに耐えることができれば使うことも可能になるわけだが……使ってみたいか？」

「遠慮したいです」

「だろう？　禁書士の資格を取るのが難しいとされる理由はそれなんだよ。だから毎年、実技試験……つまり、禁書の読み解き試験で脱落する者が大勢いるのさ。中には心を壊してしまう者もいる」

「うわあ……」

「そうそう、あの臙脂色の暖簾の部屋だが、あそこは小生が持っている禁書を保管している部屋なんだ。帝国司書では手に負えない子たちでね。小生が預かっているんだ。入ろうとしたら手を叩かれただろう？　あの場で説明してやれば良かったんだが、なにぶんあの時の小生は忙しくてね」

「……音音さんとイチャつくのに、ですか」

「補給とも言う。音音成分が切れると小生は正気ではいられんのだ。執筆作業と依頼の諸々《もろもろ》と本の管理とやることが山積みだし、音音がいなければ小生は獣のように頭がおかしくなってしまうのだ」

「ちょっと、おふざけでも本気でも電車の中で騒がないでくださいよ?」

「なんとか耐えてみせよう。しかし、腹が減った。一泊二日離れただけで音音の飯が恋しいな」

「それは同感です。お土産もあることですし、早く帰りましょう」

車両の中には疲れた二人。

電車は嘶《いなな》きながら走る。椅子にもたれる二人を家路に届けるべく。

厚い雨雲が広がり、夕空を深く覆い隠し、辺りは昏《くら》く。夕闇に包まれゆく田園を割くような一本道を、電車が通り過ぎていく。

ガタンゴトン……ガタンゴトン……

七月『空《くう》の鳥かご』

一

実井寧々子《さねいねねこ》、十七歳。

わたくしの家は華族の血を引いた、音楽家の一族でございます。

父は指揮者として、母は洋琴奏者《ピアニスト》として、この大陽本という国で華々しい活躍をしておられます。

いいえ、華々しい活躍だった、と言うべきでしょう。

母はわたくしが幼い頃に病に倒れ、そのまま帰らぬ人となりましたから。

そんなお二人の間に生まれたこのわたくしですが、だからといって、わたくしにはこれという才はないのです。

わたくしは歌うことが好きですが、劇場で歌えるほど声を出せません。

どうしても、声楽家に必要な、声の張りというものがないのです。

お父様はわたくしの声をまあるくて、角のない、囁くような優しい声だと仰りますが、当然ながらこんな声では人前で歌えません。

なにより、わたくしは極度のあがり症ですし、家族以外の方の前では言葉を話すこともままなりません。

長身をからかわれて意地悪をされたこともありましたから、人前に出る勇気さえ、そもそもなかったのです。

ですので、藤京の郊外に建つ自宅に、ひっそり隠れるように過ごしておりました。


わたくしは元々引っ込み思案な子であったそうですが、母を亡くしたせいか、学校で意地悪をされたせいか、それに拍車がかかり、今ではすっかり内気な性格になってしまいました。

固く青々とした菊の蕾《つぼみ》のように、爪で剥こうとしても頑《かたく》なに剥けない、そんな性格なのでございます。

なので、わたくしは身内以外の方があまり得意ではありませんでしたし、お友達と言えるような方もおりませんでした。

お父様曰く、わたくしは心の病を抱えているのだそうです。

固く固く閉じた蕾のようなわたくしのこの性格を嘆いておられます。

けれど、わたくしからしてみれば、心の病にかかっているのはお父様の方ではないかと思うのです。

お父様は母を亡くしてからというもの、指揮棒を振ることがほとんどなくなってしまいました。しかも、母がよく弾いていた洋琴《ピアノ》を見るのさえつらくて、つい先日売り払ってしまわれました。

それでは仕事も満足にできないはずなのに。

だから、わたくしがそばにいてさしあげなければ。

お父様をお支えしなくては。

そうでなければ、お父様はきっと潰《つい》えてしまうと考えていたのでございます。

小さい頃の病がもとで子をなせなくなっていたこの体は、それには好都合というものでした。

つまるところ、わたくしは、婚礼をしても意味のない女でしたから。

跡継ぎなど産めない、役立たずの女でしたから。

わたくしを欲しがる殿方など、いるはずもありませんでした。

お父様はわたくしの心の病を治すために、これまで何人も精神科のお医者様をお呼びしました。

お医者様も、最初はわたくしの話を親身に聞こうとしてくださいました。

けれど、結局最後は皆一様に匙を投げてしまうのです。

わたくしは蕾のような女でしたから、当然というものです。

心臓がどきりどきりとして、それが苦しくて、まともに口を利くことができませんでした。

つまるところ、話す以前の問題なのです。

わたくしは極度のあがり症ですし、男性は特に苦手でした。

男性よりも高い身の丈が嫌で堪らず、初対面の方に吃驚したお顔で見上げられるのも恥ずかしくて堪りませんでした。

＊

さて、今回いらっしゃる先生ですが、その方はお医者様ではないのだそうです。

聞くところによりますと、数々の譚本を手がけた稀代の文豪と呼ばれる男性なのだとか。

そこまで大々的に名の知れた方にお会いするのは初めてだったので、また心臓がどきりどきりと跳ねました。

わたくしはまだお会いしていない方に怯え、緊張してしまうような小心者なのです。

息を整えて待っておりますと、正面玄関のドアがコンコンと鳴りました。

いよいよご対面の時が来たようです。

「さあ、開けるよ」と、お父様がドアを開けました。

そうしてまみえたその方を見て、わたくしは非常に驚き、びくんと飛び上がりそうになりました。

「やあやあ、ごきげんよう。実井正蔵《しょうぞう》殿のお宅はこちらで間違いないかな」

なんと、その方はわたくしがまさしく苦手としていた、若い男性の方でした。

予想外にもお若い方でしたので、わたくしは大変驚いてしまって、お客様の前で失礼ながらも、ついお父様の陰に隠れてしまいました。

「申し訳ない。少し道に迷ってしまって、約束の時間を過ぎてしまった。どうかご容赦を、正蔵殿」

「いいや、むしろこちらが案内をつけるべきであった。こんな林に囲まれた僻地《へきち》まで足を運んでいただいて恐縮です、漆本殿」

「そちらにおわすのが、貴方のお嬢さんですかな?」

その方は被っていた帽子を脱ぎますと、お父様の陰に隠れていたわたくしに目を向けられました。

いいえ、目は長い前髪のせいでよく見えなかったのですけれど。

「ええ、娘の寧々子です。ほら、お前も隠れていないで挨拶《あいさつ》なさい」

「っは、い……」

わたくしはそれでも、情けないことに、お父様に少しばかり隠れるような形で、軋《きし》んだ人形のように頭を下げました。

「さ、さ、実井寧々子と……申します……は、初め、まして……」

お恥ずかしいことに、わたくしの口はこんなふうにいつもぶるぶると震え、挨拶もままなりません。

わたくしはいざ話そうとすると、口全体がのりがこびりついたように固くなってしまい、このようなお聞き苦しい話し方になってしまうのです。

しかし、彼はそれに不快感を示すことも、咎めることも首を傾げることもなく、ただにっこりと口元で笑って言ったのです。

「初めまして、お嬢さん。小生は漆本蜜。しがない物書きだ」

＊

お父様のご依頼内容は後から知ったことでございますが、今回いらっしゃった漆本様は、わたくしの病を治しに、というよりも、わたくしとお話をしにきたのだそうです。

わたくしの病を治せるお医者様をお父様が探していた際に、どうしてかは分かりませんが、お話を聞かせてほしいと名乗り出たのが漆本様だったのだそうです。

お父様は医学の心得もないのにどう手を打つのかと初めは断るつもりだったそうですが、漆本様は譚本を上手く使えば、心の病が軽くなる場合もある――と、仰ったのだとか。

お医者様がだめなら、別の手を打ってみるのもいいかもしれない。

お父様はそうお考えになって、漆本様に依頼なさったのだそうです。

友人と話すくらいの気軽さでいてほしいとのことでしたが、正直、若い男性が苦手なわたくしとしましては荷が重いというものです。

お父様にも、そのことはすでにご理解いただけていると思っていたのですが、どうやらそうでもなかったようです。

とはいえ、お父様に恨み言を吐く気など起きませんでしたし、恨む気も起きませんでしたし、僅かばかりの不満を漏らす勇気もありませんでした。

なので、とても申し訳なく思いつつも、失礼ながらも、わたくしは逃げ出したくなるほど気が重くなりました。


お父様は別件で席を外しておりましたので、お部屋はわたくしと漆本様の二人きりでございました。

紅茶をお供にゆるりと座った漆本様は、早速とばかりにお話を始めました。

「さて、お嬢さん。自己紹介からするとしようか。ああなに、無理に話す必要はない。適当に聞き流してもらっても結構だ」

「え?」

わたくしはつい、聞き返していました。

会話がしたいと仰るのであれば、そこには相手の話を傾聴するという行動も必然的に含まれることになります。

口を開かねば会話が成立しないのと同じように、傾聴しないことでも会話は成立しません。

それなのに、聞き流してもいいとは、どういうことなのでしょうか。

「興味が湧いたことにだけ反応してくれればいい。そうすれば、小生はそのことについて話題を出すとしよう。お嬢さんは好きな時に相槌を打ったり、たまに発言をするだけで構わない。小生は初めて会う男だからね。むしろ会っていきなり話をしろというほうが難しいだろう」

「は、はあ」

奇妙なことを仰る方だと、わたくしは思いました。

譚本作家の方はみなこうなのでしょうか。

「先にも言った通り、小生は漆本蜜という物書きでね。譚本、特に小説作品を中心に、随筆も少しと言ったところかな。公に出ているものは基本的に小生の空想だが、時折人の譚から譚本を紡ぐこともある。そうだなあ、特にこれが得意というものはないのだが……冒険譚やら恋愛譚、推理ものに怪談譚、馬鹿馬鹿しい面白譚なども書くね」

わたくしは漆本様に言われた通り、レコードで音楽を聴くような軽い気持ちで耳を傾け、時折相槌を打ちました。

その間にも、漆本様はたくさんお話をしてくださいます。

むしろ、何も口を割らないこちらが申し訳なくなるほどです。

けれど、わたくしは機を見て発言することも下手でしたので、上手く会話には行きつけませんでした。

「お嬢さんは、譚本は嗜まれるのかな?」

頑張って発言しようにも上手くできず口をぶるぶるさせているわたくしを見かねて、漆本様が質問を投げかけてくださいました。

「す、少し、だけ……絵譚本、なら……小さい頃に……」

わたくしがたったそれだけの回答をするのにももたつくのを、漆本様はじっくりと待ってくださいます。

お父様のように、「もう少し落ち着いて話しなさい」などとは仰いませんが、何も言われないのもそれはそれでお気を遣わせているようで、わたくしの気のほうが疲れそうです。

「そうか……やはり、震災があってから譚本は廃れてきてしまっているのだな」

漆本様の仰る震災とは、今から五年前に起きた、藤京大震災のことです。

大震災は藤京の中心部で局地的に起こったものでしたので、郊外にあったこのお家は運良く難を逃れました。

しかし、お父様の知人の方が相次いで亡くなったり、被害に見舞われていたりしていたものですから、直接経験しておらずとも、その恐ろしさは理解しているつもりでございます。

漆本様は大変切なそうなお顔をしておられました。

「寂しいものだな。人々はどんどん譚本を遠ざけていく。あれは特異な例で、世に出回る譚本たちに危険などないのに」

　譚本作家の彼としては、譚本が術本よりも明らかにぞんざいに扱われていることが悲しいのでしょうし、書き手として肩身の狭い思いをされているのかもしれません。

　しかし、わたくしにはその理由が分かりませんでした。

　というより、知らなかったと言うべきでしょうか。

「譚本、が……なぜ、危険と、言われるのですか？」

　今度はわたくしが、もたつきながら漆本様に質問しました。

　すると、漆本様は少し驚いたような顔をして、

「おや、君は知らなかったか？　あの震災は、譚本の原本が一部毒化したことで起きたんだよ」

　と答えられました。

　わたくしは首を横に振ります。

　滅多に外に出ないものですし、お父様のように手紙や電報でやり取りするような間柄の方がおりませんから、外からの情報収集は困難でした。

　……いいえ、それは言い訳です。

　情報収集は、お父様の新聞を読むなどすればできました。

わたくしは知る努力すらせず、のほほんとしていただけでございます。

まるで自分の無知を指摘されたようで、わたくしは恥ずかしくなってしまい、穴蔵の兎のように縮こまりました。

「……なるほどなあ」

漆本様が小さく、そう呟くのが聞こえました。

わたくしは漆本様の次の言葉が少しばかり恐ろしかったのですが、しかし漆本様はわたくしの不安とは裏腹に、ぱっと明るく笑ってみせました。

「今のご時世、こんなことを言うと反感を買うかもしれないから、大きな声では言えないのだけどね。小生は譚本は素晴らしいものだと思う。愛おしくてたまらないと思う。こんなにも人という生き物を鮮明に覗き見ることができるものはない。空想、思い出、経験、そんな他人の目から本来見えるわけがないものを、譚本は当事者の代わりに語ってくれるのだ。そんなことができるモノなど、他に存在するか？　否、存在したとしても、文字を読み取りじっくりと感慨に耽《ふけ》るあの味わい深さにおいては、譚本の右に出るものはないと思っている。だというのに、今の世ではそれがまったく理解されん。小生は、それが少し寂しい。譚本専門の貸本屋を営んだところで閑古鳥《かんこどり》が鳴くばかり。ひどければ石礫《いしつぶて》を投げられる始末だ。小生からしてみれば、あの震災は人間のせいだと思うのだ。譚本を、しかも先人が直接手で紡いだ原本を燃やすなど、思想が気に食わないにしても失礼千万、罰当たりな行為だ。まるで蛮族のすることではないか。そんなことをされれば本に込められた譚たちとて怒るに決まってるだろう。人間たちに蔑ろにされた神仏たちが怒るのと同じだ。本当にこの世の中、譚本たちに対する敬意がなさすぎる。術本ばかりちやほやと持て囃して、譚本はまるで疫病神《やくびょうがみ》のように扱うなんて、あまりにも身勝手ではないか」

漆本様は最後に、とても寂しそうなため息をついて、手元の紅茶に手を伸ばされました。

申し訳ないことに、わたくしは世間知らずなものでしたから、あの大震災にそのような経緯があったことも、さらには譚本のことについてもそれほどよく理解しておりません。

わたくしが読むのはせいぜいお料理の術本くらいで、譚本にはそれほど関わってこなかったものでしたから。

なので、相槌はなんとか打っておりましたが、漆本様のお話にはなかなかついていけませんでした。

「すまない。初対面の君によしなしごとをつらつらと並べ立てて。譚本のことになると、聞かれてもいないのに長々話してしまう。小生の悪癖だ。どうか許してくれたまえ、お嬢さん」

「……いえ」

やはり、人とお話しするのは難しいものです。

漆本様のように見識が広いお方の話し相手として、わたくしは不適だと思います。

いえ、そもそもわたくしの病を軽くするためにしてくださっている会話なのですから、適も不適もないのですが。

「おや、これは美味しい紅茶だね。誰が淹れたのかな」

「あ、ぁ、あの」

「うん？」

「わ、わわ、わたくしです……」

「なんと。お嬢さんが」

漆本様はもうひと口啜って、もう一度「うん、美味い」と言ってくださいました。

もしかして、紅茶にも詳しいのでしょうか。

「小生は食について論じるような美食家ではない。紅茶の味を気にしたことは特になかったのだけど、そんな小生の舌でも分かる美味さなのだから、お嬢さんはお茶を淹れるのが上手だということだね」

「い、いえ……」

紅茶をよく飲まれるお父様ですらそんなことは言いませんでしたから、漆本様のお言葉はあくまでお世辞《せじ》だと思います。

でも、わたくしはお父様以外の方から褒められ慣れていないものですから、とてもこそばゆくなってしまいました。

「ひょっとしてお嬢さん、普段から料理されているのかな？」

「！　は、はい……」

漆本様は、もしかして適当に言ってみただけなのかもしれません。

けれど、それは大当たりでした。

お茶汲みだけではありません。

わたくしはほぼ毎日毎食、料理を作っております。

それどころか、このお家の家事のほとんどをしております。

一応、世間的にわたくしは令嬢ということになると思いますが、そうは言っても、令嬢らしく人に身の回りの世話をしてもらっていたのは過去の話でございます。

お父様が音楽活動から遠ざかってからというもの、収入は現役時代から大きく減ってしまったものですから、使用人を雇うお金がなくなってしまいました。

ですので、今のところ稼ぐ手段を持たないわたくしが家事をしていたのです。

「恥ずかしながら、小生は煮炊きがまるでできなくてね。好奇心のままに料理などやってみようと包丁を握れば必ず怪我をしてしまう。この前も人参の固い皮を剥こうとして、うっかり左手の親指を切ってしまってね。お嬢さんのその指の怪我も、もしかしてそうなんじゃないかと思ったのだ」

「……！」

確かに、わたくしは左手の親指に絆創膏《ばんそうこう》をしておりました。

つい昨日、大根の桂剥《かつらむ》きに失敗して手を滑らせてしまったのです。

しかし、漆本様が先ほど聞いてきたことが、決して適当に話を広げるための方便でないことがこれで分かりました。

紅茶の味と、親指の怪我だけで、漆本様はわたくしが料理をすると言い当てたのです。

すごい、と感銘を受けるよりも、わたくしはこの方の洞察力を恐ろしく感じました。

「そうか。そうやって君は、お父上をずっと支えてきたのか。親孝行でよくできたお嬢さんだ。君のお父上が羨ましい、小生はこの歳になるまでずっと独り身だからね」

また、褒めてくださったのでしょうか。

やはりくすぐったいものです。

しかし、わたくしはこそばゆく感じると同時に、漆本様の物言いから少しばかり引っかかりも感じました。

「……あ、ぁの」

「うん？」

「し、しし、失礼ながら、お聞きしたいのですが……し、漆本様は……えっと、お幾つなのでしょうか……？」

人にわざわざ歳を尋ねるなどするべきではないのですが、この時ばかりはどうにも気になってしまいました。

漆本様は、自分はこの歳まで独り身だと仰いましたが、それはまるでお年を召した方のような物言いでございます。

見た目とどうしても釣り合わないのです。

もしかしたらほんの冗談だと思って受け取るべきだったのかもしれませんが、わたくしはそういった機転などきかないもので、真面目に聞いてしまいました。

聞いたあとですぐに（あっ）と思ったのですが、口から出た言葉は戻せません。

けれど、漆本様はなぜか嬉しそうに笑ってくださいました。

わたくしは何か変わったことをしたのでしょうか。

「さて、幾つだと思う？　当ててごらん」

「え……」

これは困ってしまいました。

この場合、お顔をじろじろと見てもいいものでしょうか？

けれど、お顔を見ないことには予想しようもありませんので、失礼することにしました。

とはいっても、あんなお年を召した方の物言いだとかなんだとか言ったものですが、漆本様のお顔は『若く見える』なんて言い方ではしっくりきません。

『若く見える』のではなく、本当に若い見た目をしておられるのです。

鼻筋はすっと通っておりまして、口元には皺ひとつなく、年齢が表れやすい喉も見てみましたが、たるみは一切ありません。

少し猫背ですが立てばそれもしゃんとしておりましたし、声も若々しく滑らかなものでした。

目元は前髪ですっぽりと隠れているので論じようもありません。

あまり長く考えながらじろじろ見続けるのも良くないので、わたくしは、

「……え、と……さ、三十代、でしょうか……？」

と、無難に中間を取ってみました。

見た目は二十代、発言はお父様と同じ四十代と考えて。

けれど、それは外れだったようで、漆本様は首を横に振ります。

「まあ、どう上に見ようとしても、せいぜいそのくらいだろうね。この問題は難しかったかな。正解はね……」

わたくしは、その正解を聞いて、これまでの人生で一、二を争う驚きに見舞われることになりました。

「五十一歳だよ、小生は。今年の三月で誕生日を迎えた」

「…………………………えっ？」

わたくしは生まれて初めて、思考停止という感覚を思い知ったのでございます。

*

「なぜか分からないが、小生は老いることができないのだよ。もう五十路になったというのに、白髪ひとつ生えてこない」

漆本様は、なんとも寂しそうに仰います。

さらりと前髪を撫でた一瞬だけ覗いた目元は、やはりわたくしと同じような、皺もたるみもない若い人の目元でした。

しかし、並から外れているという点にあえて目を向けないとすれば、これは好都合と言えるのではないでしょうか。

老いることができない、というのは確かに不条理なことではありますが、誰だって老いは嫌なものです。

若いときに何々をしておけばよかった、どこどこに行っておけばよかった、というお話を、お年を召した方々は往々にして言うそうではありませんか。

つまり、老いがなければ、何々をしたり、どこどこに行ったりする時間もたっぷりあるということです。

ですが、漆本様はそれとは違うお考えのようでした。

「下駄を履かせるという言葉があるだろう。実際そう値打ちがないものをあたかも値打ちのあるもののように偽って見せることを言うのだが、これは老いでも当てはまることでね。老いた人というのは、それだけで人生における先輩なのだ。たとえ中身が……言い方がよくないが、たとえ中身が乏しい人間だったとしても、老いてさえいれば下駄を履かせてもらえるのだよ」

……申し訳ありませんが、わたくしには漆本様の仰ることがよく理解できませんでした。

わたくしには少し、難しいのです。

漆本様は内心首を傾げているわたくしを見てさらに付け加えました。

「要するに、だ。舐《な》められがちなのだよ、この見た目は。小生は小生自身を人間として成熟しているとは思ってもいないが、それでも五十年生きてきた矜恃くらいはある。けれど、同じように五十年生きてきた者たちの中に入って言葉をかわすと、この見た目のせいで『若造のくせに粋がりおって』なんて顔をされる。だからといって、見た目通りの若い世代と仲良くすればいいじゃないかというのも都合良くいかないものでな。三十歳も離れた相手と話を合わせるのにも限界があるし、下手をすれば『年上ぶった偉そうな口ばっかり利きやがって』と白眼視される。実に寂しいものだよ。老いが来ないというのはね」

……先ほど、わたくしはよく理解できないと言いましたが、納得しました。

理解できなくて当然でした。

これは、当事者の漆本様にしか分からない感覚でございます。

五十代の中身に、二十代の見た目などという不条理を抱えた漆本様でなければ、これは理解しようがありません。

「ああ、いけないね、これは。またつまらない話を長々としてしまって、申し訳なかった」

「いえ…………えっ、と……」

「ん？」

「す、こし、だけ……分かります。その気持ち……」

理解しようはありません。しかし、若いを通り越して幼いわたくしでも、想像くらいはできました。

それどころか、共感さえしました。

わたくしも、年下とも同年代とも年上とも馴染《なじ》めない性格でしたので、少なくとも漆本様の感じているであろう孤独だけは重ね合わせることができました。

わたくしは身内以外の方が苦手でございますし、可能な限り関わらずに過ごしてきたのですが、それとは別に寂しいと思うことも少なからずありました。

誰かの身を案じたり、手紙をやりとりできるお父様が羨ましかったのです。

賑やかであればいいというわけでもありませんが、独りぼっちの身の上など決していいものではありません。

『人間は一人では生きていけない』というのも、所詮《しょせん》は綺麗事などと侮れる言葉ではないのです。

「……そうか。お嬢さんは分かってくれるのか。ありがとう。君は優しい子だね」

漆本様はまた、にっこりと笑われました。

それまで笑って見せてくださったものとは違い、ふわふわとした、とても優しい笑顔でございました。

二

わたくしの住むお家は郊外でも特に僻地でございましたので、漆本様はしばらく泊まりながら、わたくしとお話ししてくださるそうです。

設けられた期間の中で、わたくしが人と話すのに慣れることを目標にするのだとか。

しかし、わたくしは早くも、その目標に近づけたのではないかと思います。

初めの三日ほどは漆本様とお話しすることも気が重かったのですが、今は勝手ながら、漆本様に親近感というものを覚えておりました。

寂しがり屋という共通点を見つけて以来、わたくしは漆本様ともっとお話ししてみようと思うようになったのです。

今までどのお医者様ともお話しする気になれず、蕾のように固く心を閉じていたわたくしでしたが、漆本様はこの三日で、その蕾を開かせたのでございます。

漆本様はお医者様として治しに来ているというよりも、わたくしとただ純粋に会話をしに来ているという感じでしたので、「これをこうできるようにしよう」だとか、「なるべくこうしていこう」などという要求はされません。

本当に、ただ会話をしてくださるだけなのです。

漆本様はわたくしに色んなお話をしてくださいますので、新しいお話を聞くのが面白くて、少し楽しみに思うようにもなってきました。

*

「し、し、漆本様は、……わ、わたくしの、この話し方、き、気になりませんか？」

ある日、わたくしは思い切って聞いてみました。

ご覧の通り、わたくしはこのようにもたついた喋り方をするのです。

口数が少なかったせいなのか、わたくしはいつの間にか喋るのがとても下手になってしまったようなのです。

お父様はよく落ち着いて、とか、ゆっくり話してごらんと言ってくださるのですが、この喋り方はどうしても治せないのです。

「気にならないと言えば嘘になるが、気にするべきところはそこではないからね。小生は君と話をしに来ていて、君はこんなおじさんと話をしようとしてくれている。それで十分さ」

「す、す、すみません……」

「なに、謝ることはないさ。君の考えを聞かせてもらえるならそれでいい。無理に滑らかに話さなくてもいい、もたついたってかまわないから。そのまま小生と会話をしていてくれ」

漆本様は本当にわたくしに対する要求が少ないのです。

彼に先んじてわたくしの話し方を治そうとしたお医者様は本の朗読を勧めて、とにかく声を出す練習をしましょうと仰いましたが、それはわたくしにとって非常に苦痛なことでした。

何度やっても滑らかに話すことができなくて、わたくしの心のほうが先に挫《くじ》けてしまいました。

どもりがちな自分の声を聞くのも嫌になってしまい、喋りを聞かれることに屈辱感まで覚えてしまったのです。

だから、漆本様の要求の少なさはとても気が楽でした。

喋りを聞かれるのはまだ恥ずかしいのですが、それでもなんとか話してみようという気持ちになったのです。

「それにしても、お嬢さん。君の手料理は本当に美味い。昼に食べた冷や汁などするする喉を通って、何度もおかわりしてしまって。あんなに用意してくれていたのに、食べ尽くしてしまった」

漆本様は、その細い体躯《たいく》とは裏腹に、とてもよく食べるお方でした。

初めはおかわりも遠慮なさっていたのですが、数日経ったある日の会話中に、突然お腹の虫が鳴いてしまったのです。

立派な鳴き声に漆本様は顔を赤くして、とても恥ずかしそうにしていたのが印象的でした。

「具にしていたあれは、なんという魚なのかな？」

「イ、イサキ、です……お父様が、珍しいものを貰ったと、仰っていたので……」

「ほう、それはまた。道理で美味いはずだ、この時期のイサキは脂がのっているそうだからね」

料理本では目にしていたのですが、実際にイサキを調理するのは初めてでした。

焼くと骨のトゲが強くなり、古くはイサキの骨が喉に刺さって亡くなってしまった鍛冶師もいた、と恐ろしいことまで書いてありました。ですので、骨を取り除きつつ、焼いた身はほぐして、冷や汁にいたしました。

藤京へいらした方に違う土地の郷土料理をふるまうのもなんですが、この暑い日にはハイカラな洋食よりも相応しいでしょう。

愛読していた料理本を頼りに四苦八苦しながら作りましたが、漆本様は大変喜んでくださいました。

特に茗荷《みょうが》との組み合わせが気に入られたようで、お櫃《ひつ》のご飯がなくなるまで召し上がられました。

「イサキの旨みもさることながら、出汁《だし》の味も大変素晴らしかった。あれはお嬢さんが作ったのかな？」

「は、はい。昆布《こんぶ》と鰹節《かつおぶし》なので、と、特別では、ないのですが……」

「そうなのか？　しかし、本当に美味い出汁をとるのは難しいと聞く。小生も以前やってはみたのだが、あまりに不味くて吃驚した覚えがあるぞ。もう沼水のように濁《にご》っていてな。そもそも料理下手な小生とお嬢さんを比べること自体ありえん話なのだが、君はとても料理上手だと思うよ。この数日、ずっと美味い飯を食えて幸せだ。ありがとう」

「いえ、そんな、こと……あり、ません……」

「そう謙遜しないでおくれ。これはお世辞じゃないんだ、本当にそう思っているんだよ。だから、せめてお礼の言葉は受け取ってはくれないか」

漆本様は、本当によくわたくしを褒めてくださいます。

小さなことを丁寧に褒めるのが、本当にお上手な方です。

そのため、あまりいい気になってはいけないと自戒しているのですが、漆本様はそれをしなくていいと、いい気になっていいのだと仰ってくださいます。

「あ、ありがとう、ございます……」

なので、ここは受け取ることにしました。

すると、漆本様はとても優しげに、にっこりと微笑まれるのです。


――わたくしはひとつ気づいたのですが、漆本様はわたくしと話す時は、喋る速さを抑えておられました。

川に喩えるならば、山の急流と小川の流れほどの差でございます。

お父様と話す時は、まるで噺家《はなしか》のように饒舌《じょうぜつ》に、剽軽《ひょうきん》に語られるのですが、わたくしと話すときは優しい声音《こわね》で、お腹の底にとんとん響いてくるような低さで語ってくださるのです。

わたくしは漆本様の語りを聞くと、なんだか落ち着くのです。

当初はあれこれ色んなことを考えて落ち着かなかったのに、いつの間にか声にじっくり耳を傾けるほど、心に余裕が出ておりました。

＊

わたくしは先にも申し上げた通り、これといった音楽の才はありません。

提琴《バイオリン》や洋横笛《フルート》でしたら多少は演奏できますが、それよりは歌ったりするほうが好きでした（それも上手いとは言えませんが）。

しかしたまに演奏したくなっても、わたくしは人に聞かれているというだけで緊張して提琴の弓を落とす有様です。そのため、安心して一人で演奏できるよう、わたくしが勝手にそれ専用として使っているお部屋がございます。

そのお部屋は裏手の林に面しておりますし、そもそもこんな僻地にぽつんと建った家ですから、ご迷惑をおかけするご近所もありません。

ここなら誰にも知られず、存分に演奏したり歌ったりすることができるのです。

……もしかして、お父様はわたくしが時折ここで歌っていることに気づいていたかもしれません。ただ、それでも演奏中に部屋に入られることはありませんので、きっと気を遣ってくださっているのでしょう。

わたくしはその夜も、漆本様との会話を終えたあとでこっそり、寝室から離れたそのお部屋で歌っておりました。

これは異国の、男女の恋愛を描いた歌劇で歌われていたものでございます。

一般階級の青年と、上流貴族の娘――愛し合う二人は、その身分の差ゆえに結婚を認められません。

初めて聴いた当時のわたくしは、二人はあの世で結ばれる——という展開を想像したのですが、これはそこに捻りを加えておりました。娘は「この方との結婚を認めてくださらないなら、今すぐここで自ら命を断ちます」と親へ言い放ち、その他強引な手段を用いて婚姻を認めさせるという結末でございます。

この展開には賛否両論ありましたが、わたくしとしては（行動はともかく）この娘に憧れたものです。

これほどの勇気を持てたならどんなにいいのだろうと。

わたくしはそんな憧れを抱きながら歌うのです。

あの時聞いたような迫力のある歌声には程遠くても、歌詞をなぞりながら歌うだけで、なんだか彼女に近づけるような気がするのです。

悦《えつ》に入るというのでしょうか。

わたくしは周りを気にすることなく、存分に歌っておりました。

——それゆえに、気づくことができませんでした。

まさか、そこに観客がいたことなんて。

わたくしは、うっかり開けっぱなしにしていた扉の隙間から、人影を見つけたのです。

もっさりした前髪に覆われたそのお顔は、間違いなく漆本様のものです。

目は見えませんが、明らかにこちらを見ています。

「……ひ、ひゃぁああっ⁉」

わたくしははしたない声を上げて、飛び上がって、腰を抜かして転がりました。

なんと無様なことでしょう。

こんなお見苦しいところを——よりにもよって漆本様にお見せしてしまうなんて。

「いや、すまなかった、お嬢さん。まさかそんなに驚かれるとは」

「し、ししし、ししちもとさまっ、いぃぃいつから、そっそこに……⁉」

「ああ、ええと、おそらく五分以上前から……かな」

……つまり、それはほとんど全部聞かれていたということです。

序盤から聞かれていたのに、わたくしはまったく気づきませんでした。

けれど、驚きが落ち着いてくると、今度は恥ずかしさが後からさらにさらに押し寄せてまいりました。

「すまない、お嬢さんの邪魔をするつもりはなかったんだ。すぐに立ち去るべきだったが、つい聞き入ってしまって。本当に悪かった」

「い、いいえ、あの、その、わたくしのほうが」

漆本様は頭を下げられますが、元はと言えばこんな夜に歌っているわたくしのほうが非常識なのです。

ここに来られたということは、きっと歌声が漏れていたのでしょう。わたくしの大して上手くもない歌声でご迷惑をおかけしてしまったのは心苦しい限りでございます。

「も、申し訳、ありません……！　その、うるさかった、です、よね……」

「いや、うるさいなんてとんでもない。むしろ拍手を送りたいくらいだ」

漆本様は機を逃していたのだとでも言うように、ぱちぱちと手を叩かれました。

「なんというのかな、こんな夜にはよく似合う。虫の鳴く夜に相応しい、まるで枕元で子供に囁くような、丸くて優しい歌声だった」

また、漆本様はわたくしを褒められました。

しかし、それにしても。

「……お父様と、同じ……」

「うん？」

「お父様も、そんなふうに、わたくしを褒めてくださいました……」

お父様は昔から、わたくしの歌声を褒めてくださいました。

決して大舞台には向かないけれど、子守唄としてはとても美しい音色だと。

現状、料理以外にはなんの取り柄もないわたくしですが、それでもかつてはこの歌声も取り柄にしようとしていた時期がありました。

お父様以外にも誰か大切なお方がいたら、聴いてもらおうと――そう考えていた幼少時代も、ございました。

「……お嬢さん？」

わたくしはずっとぼんやりしていたものですから、心配なさった漆本様の声にはっと気づきました。

「あ……えと、……その……ありがとう、ございます……」

不思議なことに、今度はわたくしも、自然と褒め言葉を受け取ることができました。

お父様以外にも、わたくしの歌を褒めてくださる方がいらっしゃったのが、わたくしにはとてもとても嬉しかったのでございます。

＊

わたくしの漆本様への隔たりは、すっかりなくなったと言っても過言ではありません。

三十四歳も差がある男性なのに、わたくしは彼とお友達になれたような、そんな気さえしました。

漆本様のしてくださるお話は何もかもが目新しく、隔たりなどすっかり感じなくなっていたわたくしは、彼の話に夢中になっておりました。

わたくしが特に興味を惹かれたのは、流行りの劇団の一番星と呼ばれる役者の話に、最近帝都の繁華街で流行っているという『フルーツポンチ』というデザートの話でございます。

恥ずかしながら、わたくしは音楽と食べ物にかけては人一倍強い反応を示すくせに、もう数年以上お外と隔絶されてしまっていたため、それらをまったく知りませんでした。

なので、この話題への食いつきようは大変勢いがよろしかったことかと思います。

後々思い返して赤面することうけあいでございます。

それは置いておくことにして。

わたくしはその時、フルーツポンチという未知の食べ物に胸をふくらませておりました。

というのも、わたくしは大の水菓子好きでございます。

特に、冬場のお蜜柑《みかん》などは格別です。

良いお蜜柑というものは、お砂糖がいらないほど甘くて、ほんの少しだけ酸《す》っぱくて、ぷちぷちとした果肉の食感や溢れる汁がお口に広がるのもたまらないのです。

他にも、桃や林檎《りんご》、西瓜《スイカ》に甜瓜《メロン》、葡萄《ぶどう》に梨……水菓子と言われれば嫌いなものなどひとつもございません。

漆本様ときたら、やはり譚本作家でございますから、食べ物の美味しさを言葉だけで伝えるのもお上手でした。

「そ、その……フルーツポンチ、食べてみたい、です……と、と、とっても美味しそうで」

ああ、食べてみたい。

色んな水菓子がたっぷりと入っていて、甘くて美味しいお酒も入っていて、それが水菓子の汁などと溶け合う……想像しただけで涎《よだれ》が出てしまいそうです。

大変はしたないことでございますが。

「そうか。ならば食べに行ってみるか？」

「えっ」

まさしく、渡りに船とはこのことでございます。

わたくしは漆本様の誘いに応じました。

よくよく思い返してみれば、わたくしはもう数ヶ月ほど、お家の周りの林から出ておりませんでした。

普段の買い物はお父様がしてくださいますし、わたくしは特に家を出る必要がありません。

出たとしても、やはりこの見た目が気になってしまって、さっさと用事を済ませてお家に帰っておりました。

この背丈で街を歩くと、すれ違う人はみな、わたくしを二度見三度見していかれるのです。しかし、フルーツポンチをいただくという大いなる目標ができた今、それを気にしていては達成できません。

久しぶりのお外は緊張しますが、フルーツポンチを食すためならば、この実井寧々子、勇気も振り絞って参りましょう。

「お、父様に、言ってきますね……！」

わたくしはいつものわたくしらしからぬ意気揚々とした足取りで、お父様のいらっしゃる書斎へ向かいました。


「駄目だ」

お父様は、ぴしゃりと仰いました。

「外は危ないよ。私は今手が離せないんだ。お前一人で外に出てはどんな目に遭うか」

「で、も……し、しし、漆本様、が、連れていってくださると……」

「漆本殿は駄目だ。私が行けない以上、許可するわけにはいかん。お前もあの男を信用しすぎるな。特に、ああいう口の達者な男は警戒しなさい」

「……え？」

お父様が、それを仰るのですか？

口には出せませんでしたが、わたくしは首を傾げました。

そもそも漆本様はお父様が依頼したお方で、彼を警戒していたのはわたくしのほうでございます。

わたくしはやっと漆本様に心を開いたのに、どうしてお父様は逆に警戒なさるのでしょう。

……もしかして、お父様がおそらくお考えの通り、漆本様には何か裏があるのでしょうか？

わたくしの知らないところで、何かしているのでしょうか。

……いいえ、お父様の発言は、どこか噛み合わないような気がいたします。

しかし、漠然としていてよく分からないので、そんな根拠のないことを口に出すのも憚られます。

「……はい、お父様」

わたくしは特に反論もせず、そのまま書斎を後にしたのでございます。

この時、わたくしはフルーツポンチのことなど、ぽんと頭から抜けておりました。

「おや、駄目だったか」

さすがに漆本様へ、お父様から言われたことをありのままにお話しするわけにもいかず、わたくしはただ、『お父様の同行なしでは外に行けない』という旨だけをお伝えしました。

漆本様は少し困ったように口元を結んでおりましたが、すぐさまいつもの柔和な笑みに戻されました。

「――これは随分と根が深い」

「はい？」

「いや、こちらの話だ。なんでもないよ」

漆本様はおそらく小さく呟かれたおつもりだったのでしょう。

しかし、曲がりなりにも音楽をしていたわたくしは、耳はいいので、内容までは聞こえずとも、漆本様が口から何かを漏らしたことだけは分かりました。

地獄耳とも言います。

漆本様はそんなことは置いといて、と鞄から何かを取り出されました。

「外に行けないなら、家の中で旅をするのはどうかな？」

漆本様は本を鞄から一冊取り出して、にっこりと笑われました。

「こういう時こそ、譚本の本領発揮さ。譚本を読むことは一番手軽で、なおかついつでもどこでもできる旅行だ」

漆本様は椅子に腰かけるよう、わたくしを促しました。

わたくしが椅子に腰を下ろしますと、今度は力を抜いて目を閉じるように指示されました。

……漆本様の低くて優しい声音のせいか、わたくしはお父様の「警戒しなさい」という言葉など忘れて、素直に従っておりました。

背もたれに身を預け、柔らかく深呼吸し、肘掛けにのせた手の力も全て抜きました。

不思議なことに、こうすると広くて温かいお風呂にぷかぷかと浮いた時のような心地がいたします。

背中やお尻にあるはずの硬い木製の椅子の感触は、まるで気になりません。

わたくしが完全に力を抜き、普段からも何気《なにげ》なく張っている緊張の糸を全て緩めたのを見計らって、漆本様は朗読を始められました。

三

豊かに緑の葉をつけた柳が揺れる。

上も下も煉瓦と混凝土《コンクリート》で塗り固められた街並みに、ほんの気持ちとばかりに植えられた柳の木である。

あちこちに建てられた電柱や、見上げると首が痛くなりそうなほど大きな建物に、少女は囲まれていた。

時計台の針が十二時を指す——辺りには誰もいない。

少女はただ一人、まるで箱の中に作られた作り物のような街にいた。

綺麗に磨かれた丸い月のライトが、街を照らしている。

少女は静寂が横たわる夜に、靴音など響かせることのないよう、そうっと歩き出す。

誰もいない帝都——野良猫一匹いない、少女ただ一人しか存在しない帝都。

しかし、好奇心で灯りの漏れる喫茶店を覗いてみれば、珈琲豆などの缶が雑然と置かれていて、人がいるような形跡だけが妙にある。

駄菓子屋の店頭に置かれた瓶の中身は、種類も量もまばらであった。

アイスクリンと書かれた冷凍庫はなぜかひんやりとしているし、中にはきちんとアイスクリンの容器が入っている。

作り物にしては人の形跡が中途半端にありすぎるし、かといって少女以外の存在など一つもない街並みを歩く感覚は、さながら人形劇の舞台の中であった。

少女は歩く。

少女はもう十七歳で、悪戯などしない、礼儀正しい性格の娘であったが、人っ子一人いない街は都合がいいと、自由気ままに歩き回った。

駄菓子屋の店先に並べてあった瓶の中から、カステラを摘んでみる。

しゃりっとした砂糖の食感に、舌の上でほどけるような甘さ。

少女はもう一つだけ摘んで、街を歩く。

ステンドグラスが妖艶に輝く硝子細工の店に足を踏み入れる。

ドアベルが鳴り響いたが、出てくるかもしれない誰かを気にする必要はここにない。

橙色ライトで照らされた針金と硝子の指輪を物色する。

その中で気に入ったひとつをそっと指にはめて、ライトや月明かりに透かし、美しさにしばし見とれる。

少女はこれも貰っていこうか？　なんてことをちらりと考えもしたが、いやいやと指輪を外して元の場所へ戻した。

少女はまだ街を歩く。

次に目に入ったのは花問屋。

店先にあった、種を少しばかりぎょろりとひり出していた向日葵《ひまわり》をなんとなく避けつつ、歩を進める。

瑞々しい花の香りが立ち込める花屋は、周りに比べると少し肌寒い。

立葵《たちあおい》に蓮の花、鶏頭《けいとう》に花菖蒲、ラベンダーの芳香、それから女郎花《おみなえし》の香りを嗅いで、少女は驚きながら、思わず顔を顰めた。

少しだけ謝りつつ、土産に桔梗《ききょう》の花を一つ摘んで、髪に飾ってみた。

少女はまだまだ街を歩く。

今この時だけは、全てが彼女の思い通りであった。

こつん、こつんと靴音を立てて、少女は誰もいない彼女のための街を歩いていくのだった。

＊

夢から醒めたとき、既に日は落ちておりました。

わたくしは揺り椅子にゆったりと腰をかけたまま眠っていたのです。

ふんわり掛けられていたひざ掛けのおかげで、お腹を冷やすことはありませんでした。

しかし、それが逆に心地よかったのか、わたくしは少し寝ぼけておりまして、はっと気づいて立ち上がるまで随分と時間がかかりました。

「いけない！」

わたくしはまだ、夕餉の支度をしておりません。

ご飯を炊くどころか、お米を洗ってつけておくことすらしておりません。

お昼に麹《こうじ》で漬けておいたお魚は焼くだけですし、小鉢などはお茄子《なす》と胡瓜《きゅうり》のお漬物にするとしましょう。

お父様が何か買ってくださっていれば、お味噌汁もどうにかなるのですが。

とにかくご飯を炊かなくては、とわたくしは二階の自室から飛び出し、階段を駆け下りました。


お台所は階段を下りて左手の奥にございますが、そこに行くまでに応接間がございます。

その時、そのお部屋から漆本様の声が聞こえました。

わたくしはやたらに地獄耳でございます。

盗み聞きなどという品のない真似をしてはいけないと、こっそり部屋の前を通り抜けようとしたのですが、

「ならん！　それはならんぞ、漆本殿！」

というお父様の大声に驚いて、わたくしは固まってしまいました。

なにしろ、穏やかなお父様がこんなに声を荒らげることなど今までなかったものでしたから、わたくしの心臓は、最高速度でどくどくと脈打ちます。

怒気を孕んだお父様を、落ち着いてくれと漆本様が宥《なだ》めておられます。

しかし、お父様は止まりませんでした。

「寧々子は学校でも散々いじめを受けたのだ。外に出してはまたいじめられるに決まっている。そうでなくとも、悪い男に騙《だま》されるかもしれん。そんな危険なところに、寧々子を出すわけにはいかん！」

「……！」

お父様と漆本様がお話ししていたのは、まさにわたくしのことでございました。

そうです、確かにわたくしは学校でいじめられておりました。

元々高い背丈を揶揄《やゆ》され、細い体をからかわれ、幽霊のように扱われたのでございます。

そんな扱いを二度と受けたくなくて、わたくしはこの家に閉じこもっているのでした。

「しかし、正蔵殿。このままではお嬢さんは世の中を何も知らないまま、馴染むこともないまま一生を終えることになる。貴方が亡くなった後、貴方の娘さんは残りの人生を孤独に過ごすことになるかもしれないのだぞ」

……漆本様のお言葉は、わたくしにとって大変苦しいものでした。

漆本様の仰ったことは、わたくしが家に閉じこもる日々の中で、心のどこかで懸念していたことそのものでございました。

わたくしは、お父様に守られながら生きてきたのです。

お父様という非常に心強い盾があってこそのこの身なのです。

なのに、もしお父様が病に倒れて、わたくしを守ることができなくなってしまったら？

そうでなくても、突然お父様がいなくなってしまったら？

わたくしは、いつか来るそんな日に怯えておりました。

「危険との距離を置く方法も分からず、いざ危険と遭遇して、上手く対処できずに酷い目に遭うかもしれない。それは避けるべきではないのか」

……まったくその通りです。

わたくしも、心のどこかで、そういった術《すべ》を身につけるべきだと感じていたのです。

とはいえ、わたくしは非常に小心者で、そのために動く勇気も、それどころかその意志をお父様へ告げる勇気さえなかったのです。

腑抜《ふぬ》けもいいところでございます。

「汚い世俗のことなど知るに値しない。馴染む必要もない。世の中を知るのが必要だと言うなら、この家の中で安全に暮らしながら、貴殿の扱う譚本を見ていれば十分ではないか」

お父様は言います。

可能でしたら、わたくしもそうしたいです。

できれば、怖いものに一生触れることなく、穏便に一生を過ごしたいものです。

しかし、漆本様は否定なさいます。

「譚本が見せるのはあくまで夢だ。現実とは似て非なるもの、まやかしにすぎない。小生はお嬢さんが現実に触れる前に譚本を利用して擬似体験をさせたが、それは現実世界に触れる実体験の置き換えにはならんのだ。それに、小生もお嬢さんのところへいつまでも譚本を提供できるわけではない。お嬢さんは一度この家から出るべきだ。一度世の中を経験して、その先どうするかはお嬢さんに委ねても良かろう」

「承服できん！　娘を危険にさらすわけにはいかない！　私は断固として許可せんぞ！」

「正蔵殿」

漆本様はあくまで冷静でしたが、お父様はどうしても漆本様の主張を受け入れようとしません。

というより、もはや聞くことすら拒否しておられるようでした。

お二人の間にしばらく沈黙が流れます。

わたくしはその間、お父様が何かとんでもないことを漆本様になさるのではないかと肝を冷やしておりましたが、先に沈黙を破ったのは漆本様でした。

「正蔵殿。お嬢さんは少しずつ前を向きはじめている。誰とも会話したくないと塞ぎ込んでいたお嬢さんが、一歩前に踏み出そうとしているのだ。貴方の依頼は『娘の心の病を癒すこと』ではなかったか？」

漆本様はゆっくりと、静かにお父様に問いかけました。

決して水面に波を立てないように、細心の注意を払って。

「どうか怒りを鎮められよ、正蔵殿。そして、娘さんの成長のために真に必要なものは何かを、貴方は今一度考えるべきだ。大事な一人娘を無理やり外の世界から離して家に閉じ込め、孤独なままにして、可哀想だとは思わないのか」

お父様は、何も言い返しません。

重苦しい沈黙が流れる中、わたくしは漆本様の言葉に胸を引っかかれたような気分になっておりました。

可哀想。

たった三文字の言葉に、わたくしはつまるところ、大きなショックを受けていたのでございます。

お父様は、わたくしには漆本様との不和を悟られまいとしておりました。

わたくしもまた、盗み聞きなどしていたことは悟られないよう気丈に振る舞いました。

漆本様の治療とその振る舞いが上手く作用したのか、お父様は、

「顔色が良くなったね、寧々子」

と仰いました。

「はい」

漆本様のおかげで、という部分は呑み込みました。

けれど、お父様はそれ以上踏み込むことはしません。

わたくしは何か言われるのではないかと常にはらはらしているのですが、お父様は漆本様のことについて触れようとはしません。

警戒しなさい、とも言いません。

内心ほっとしてはいますが、同時に落ち着かない心持ちでもありました。

＊

漆本様のお話と、譚本の【夢】による治療も、始めてから半月以上経っておりました。

一日一回、漆本様は譚本を朗読してくださいます。

毎日譚を変え、わたくしを夢の世界へと誘《いざな》ってくださいます。

わたくしはその夢が楽しみで仕方なくて、できれば一日中、何回でも聞いていたいと零したのですが、それはできないのだそうです。

漆本様が使っている譚本の原本は、あまりたくさん使いすぎると脱離できなくなってしまうらしいのです。

現実と夢の境目が曖昧になり、いつしか麻薬のように中毒を起こしてしまうのだと。

そしてそれは、譚本にとっても良くないことなのだそうです。

なので一日一回、違う譚本や違う場面を使って、漆本様は夢を見せてくださいました。

お父様が言うように、わたくしはすっかり顔色も良くなって、お話も積極的にできるようになって、順風満帆でございました。

——ただ一つ、漆本様とお父様の言い争いが水面下で絶えないらしい、という点を除いて。

わたくしはやはり、自分の身のことでもあるので気になってしまい、言い争いが聞こえる度に盗み聞きをしてしまうのですが、お二人の主張はいつも平行線のまま終わります。

お父様はなぜ、あんなにも頑なに漆本様を拒むのでしょう。

お父様はあんな性格ではなかったはずです。

むしろ、わたくしのお話を昔からよく聞いてくださいました。

なのに、なぜ漆本様だけは警戒なさるのか――わたくしは、それだけが不安でした。

いつか、どこかで突然弾けてしまうのではないかと、いつも不安でした。

＊

わたくしはなかなか寝つけませんでした。

今日はお二人の言い争いが特に激しい日でございました。

いいえ、激しかったのはお父様だけで、漆本様はやはり落ち着いておられたのですが。

あんなに激しく怒ったお父様の声があまりにも強烈で、頭から離れませんでした。

「貴様、娘を誑《たぶら》かすのも大概にしろ!!」

「言いがかりだ、そんなつもりは毛頭ない」

「私から寧々子を引き離そうとしているのではないか!?」

「そんなつもりもない。頼むから落ち着いてくれ、正蔵殿」

最近のお二人の会話は、概《おおむ》ねこのような感じでした。

お父様は、漆本様にあらぬ疑いまでかけるようになったのです。

言うまでもないことですが、わたくしは漆本様からは何もされておりません。

お話をしたり、本を朗読することはあっても、決してわたくしをそういった意味で誘うことはしませんでした。

手に触れることさえしません。

お父様は「あんなに若い見た目をした中年など、きっとどこかでみだりがましいことでもしているに違いない」という意味合いのことを漏らしておりましたが、漆本様は実に紳士的なお方でした。

お父様だけが日に日に豹変《ひょうへん》していくのです。

わたくしが見ていないところで、おかしくなっていくのです。

このままでは取り返しのつかないことになるのではないかと、そんな漠然とした不安が、わたくしの胸には常にありました。

眠れない時は本を読むに限る、と漆本様が仰っていたのを思い出し、わたくしは以前漆本様に貸していただいた譚本を夜更けまで読んでおりました。

ちなみにこの本は、漆本様が夢を見せる時に使うような力はないのだそうです。

ただのインクで印刷された写本なので、単なる読み物でございます。

しかし、想像しながら旅をするのも、これはこれで味があっていいものです。

先日そう感想を伝えましたところ、漆本様は大変嬉しそうに笑っておられました。

中年らしからぬお若い見た目をしておられる漆本様でございますが、彼の笑顔は実際の歳相応の丸く穏やかなものだとわたくしは思います。

顔の半分は見えずとも、彼が纏う優しくて温かい雰囲気には、お若いだけでは決して出せない魅力がございます。

思い出しただけで、ふわふわの羽毛のごとき心地よさが、わたくしの心を包んでくれるようです。

そんなふうにぽやっとしていたからか、

「寧々子、起きているかい」

というお父様の声がドアの向こうから聞こえた時は、びくっと背が伸びてしまいました。

「……お父様？」

もう午前三時頃でございます。

こんな遅い時間にどうしたのでしょう。

何か急を要することがあったのでしょうか。

わたくしは読みかけの本に漆本様にもらった栞を挟んで、ドアを開けました。

すると、お父様がお部屋に入ってこられました。

お父様の表情は随分と疲れていて、まるで夜闇の道をひたひたと歩くような、そんな深い影を感じました。

「……寧々子」

お父様は後ろ手に、やけに丁寧な動作でドアを閉めながら、重苦しそうに口を開いて、わたくしに問いました。

「外に、出ていくつもりなのか？　あの男の言う通り」

「……え」

すぐにはお返事ができませんでした。

わたくしの気持ちとしては、漆本様のご提案に是非とも乗りたいと思っております。

お父様の案じておられる危険は重々承知しておりますし、また意地悪されたらどうしようという怯えも勿論あるのですが、それ以上にこのままではいけないと、わたくしは危機感を覚えているのです。

日に日に、日増しに、危機感が強くなっていくのです。

しかし、お父様をこの家に一人にするのも心苦しいので、わたくしはとてもとても迷っておりました。

「……出ていくのか、寧々子」

「……え、えっと……その……」

お父様に再度問われても、どちらを選ぶべきかは分かりませんでした。

本当に大きな心の病を抱えているのはお父様のほうなのです。

そんなお父様を置いて出ていってしまっては、お父様が壊れてしまうのではないかと、わたくしは戦々恐々としておりました。

漆本様がいらっしゃるまでは家から出ていく気などございませんでしたから、わたくしが支えていればいいと思っていたのですが――

「……あの男のせいだな」

「え……？」

お父様の声が、嫌に震えて聞こえました。

まるでじりっと肌を焦がすような、大変心地の悪い熱さを感じました。

「あの男が、余計なことを教えたから。譚本を使って胡散臭い【夢】を見せたから。だから、こんなことを」

「お、お父様……？」

わたくしは嫌な予感がして、思わず後ずさりをしました。

けれど、後ずさりした分だけお父様は距離を詰めてきます。

伸ばされた手が、触れてもいないのに熱く感じて、わたくしはそれからも逃れようと身を捩《よじ》りました。しかし、そうした時に、つまずいてしまいました。

後ろにはわたくしが先ほどまで入っていたベッドがありましたので、そのまま背中から倒れ込んでしまったのです。

「寧々子、もう一度聞くよ。お前は、出ていくつもりなのか？」

「あ、あ……っ」

お父様が、わたくしを静かに見下ろしました。

お父様が何をしようとしているのか、わたくしは何をされるのか、分かりませんでした。

分からなくて、恐ろしくて、わたくしは答えようにも声が出ません。

お父様はやがて、今まで聞いたこともない、とてもとても低い声で仰いました。

「出ていくのだね、寧々子」

「……っ⁉」

お父様が後ろ手から、どこかに隠していたのであろう何かを取り出しました。

そのぎらりとした銀色の光を見て、わたくしは全身の血の気が引きました。

お父様はわたくしに、鋭い果物包丁の先を向けたのです。

「い、や……っ！　やめ、て、やめて、お父様……っ！」

わたくしは逃げようとしましたが、お父様はそれを許さないと、わたくしを押さえつけました。

「い、いやッ、んん！」

声だけでもあげようとしましたが、その前に口を塞がれました。

お父様の熱い手はぎっちりとわたくしの顔を掴んでいて、首を振っても解けません。

男性の力に、ひ弱なわたくしの力が敵うはずがありませんでした。

お父様の包丁を持った右手が、高く振り上げられました。

「許しておくれ、寧々子。できるだけ苦しくないようにするから――」

お父様が、今にもその手を振り下ろそうとした時でした。

「お嬢さん!!」

漆本様の声でした。

彼が強くドアを叩いて、叫んでおられました。

お父様が入った時に鍵をかけていたのか、ガチャガチャとドアノブだけが動いておりました。

「お嬢さん、無事か‼　返事をしてくれ‼」

わたくしははっとして、気を取られたお父様の手を振りほどいて、力の限り叫びました。

「た、助けて‼」

わたくしが叫んで、それに一瞬ほど遅れて、漆本様がもう一度叫びました。

「斬れ、『羅刹女《らせつめ》』‼」

その瞬間、木製のドアが、周囲の壁ごと抉るように壊されました。

お部屋の壁が、何かによって一文字に薙ぎ斬られたのです。

その向こうに、漆本様が立っておられました。

わたくしがベッドに押しつけられているのを目にした漆本様の纏う空気が、一瞬で鋭さを増しました。

「どういう了見だ、正蔵殿！　なぜお嬢さんを襲った？」

「貴様のせいだ、漆本‼」

お父様はわたくしから離れ、次は漆本様に襲いかかりました。

漆本様がお父様の包丁を避けると、そのまま二人は掴み合いになりました。

包丁を持った右手をぎっちりと掴む漆本様と、それを振りほどこうと藻掻《もが》くお父様。

「逃げなさい‼」

漆本様の声に弾かれるように、わたくしは逃げようとしましたが、まだ恐怖で足がもつれていて、ずりずりと遠ざかるのがせいぜいでした。

言うことをきかない足を叩いて、ようやくベッドから起き上がって立ったところで――

「ぐ、ぁッ！」

漆本様の声がしました。

お父様の包丁が、漆本様の左腕に深々と突き刺さったのです。

「漆本様っ！」

漆本様は腕を刺された方とは違う右手で殴って、お父様を引き離しました。

そしてわたくしの腕を掴むと、そのまま怪我には目もくれずに走り出しました。

「出口は⁉」

「こ、こちら、右手ですっ！」

お父様がすぐに追ってきた様子はありませんでした。

漆本様とわたくしはその間に家から飛び出し、林へ逃げ込みました。

四

できるだけ家から離れるべく、必死に足を動かしました。

恐怖心が私を劈《つんざ》くように警鐘を鳴らしていました。

息が切れるほど走ってきたところで一旦足をとめ、わたくしたちは木の陰に隠れました。

「漆本、さま……腕、早く、血を止めないと……！」

漆本様の左腕からは今もなお、ぽたりぽたりと血が垂れております。

ですが、わたくしは寝間着姿のまま、何も持たずに逃げ出してきたもので、辺りを見回しても使えそうなものは一切ございません。

ですので、寝間着のスカートの裾を破いて止血帯の代わりに使うことにしました。

せめても泥で汚れていない箇所の布をさらに破いて、脱脂綿と包帯の代わりに巻きつけました。

うろ覚えなので正確な方法かも怪しい上に、生まれてこの方、こんな大怪我への応急処置などしたことがなかったもので、もたついてしまいます。

「こ、これで、大丈夫でしょうか……？」

不格好ではございますが、なんとか形にはなりました。

漆本様は包帯を見て、少し意外そうにしておられました。

「お嬢さん、応急処置の方法を知っていたのか」

「い、っいつか、誰かが怪我したら、使えるのではと、思って……ずっと前に。じゅ、術本があれば、もう少し上手くできたと、お、思うのですが……」

そんないつかなど来るはずがないと思っていたのですが、こんな形で役に立つとは思いもよりませんでした。

まさか、自分の父に刺された他人の治療のために使うだなんて。

「そうか。君はもう、ちゃんと備えていたんだね」

漆本様は、なおも笑っておられます。

突然の事態に恐怖し、混乱しているわたくしを落ち着けるためでもあったのかもしれませんが、それにしても、大変落ち着いた様子で、笑っておられました。

この方には、恐怖というものがないのでしょうか。

今だけでなく、今までも、何をするか分からないほど激昂しているお父様に、恐怖することはなかったのでしょうか。

わたくしなど、自分が怒られたわけでもないのに、怒鳴り声を聞いただけで震え上がってしまうのに。

わたくしは、はたと気づきました。

「し、漆本様……どうして、わたくしが危ないと、すぐに気づいたのですか？」

時刻は午前三時でしたので、普通なら寝ていてもおかしくはありません。

お父様も、あの時はとても静かでございました。

いゝゝゝゝゝゝゝ

極力音を立てないようにしていたのでしょう。

漆本様は離れたお部屋で寝ていたはずです。

どうして、お父様がわたくしの部屋に入られてから、そう間を置かずに駆けつけることができたのでしょう。

漆本様は答えます。

「ああ、貸した譚本に栞が挟まっていただろう？　あれは禁書の【毒】を利用したお守りでね。お嬢さんに何かあったら、小生のところに報《しら》せが来るようにしていたんだ」

禁書の【毒】――という物々しい単語が聞こえましたが、今はそれがなんなのかを聞く時ではありません。

そこまで根回しをされていたということは、つまり漆本様は……

「それ、は……お父様が、ああなると、分かって……？」

「分かっていたのではなく、万が一の可能性として考えていただけだよ。できれば、一番信じたくない可能性だったけれどね」

「……どう」

どうして、と言いかけたところで、漆本様はぎゅっとわたくしの口を塞ぎ、庇うようにぴったりと引き寄せられました。

「静かに」

漆本様がごくごく小さな声で囁かれました。

すると、漆本様の背後にあった木の幹の、その遠く向こう側で、ぼんやりと明るい光が見えました。

「寧々子、寧々子？　どこにいるんだい」

「――ッ⁉」

まだ遠くでしたが、お父様の声がしました。

先ほどとは違い、とても穏やかな声音でございましたが、わたくしの気分はまったく穏やかになりません。

全身の毛穴が粟立《あわだ》ち、漆本様に抱えられながら震えておりました。

でおりました。


「小生の血痕を追われたか」

お父様が蝋燭《ろうそく》を片手に、わたくしの名を呼んで探しておりました。

わたくしは声が少しずつ近づいているのを感じて、漆本様の着物の袖を皺になるほど掴んでおりました。

「どうして、お父様が……」

「ど、どうして、お父様が……」

「おおかた、君が外に出ると言ったら心中しようと考えていたのだろう」

「え……⁉」

「それにしてもまさか、娘をあの世まで連れていこうとするほど執心していたとはな。想定していた中でも最悪の展開だ。選ぶならせめて、邪魔な小生を消そうとするほうの選択肢であってほしかったものだ」

「そん、な……そんなこと」

そんなことまでして、お父様はわたくしとの別離を防ごうとしたのでしょうか。

お父様のところから出ていくかもしれないわたくしを、そうはさせまいとして、離れられないよう連れていこうとしたのでしょうか。

しかし、それは無意味なことではないでしょうか。

成功しても、死んだら元も子もありません。

失敗しても、わたくしは自分を殺そうとしたお父様のもとにいたいなんて言えなくなるでしょうに。

……いいえ、お父様はそれを、そんな当然の結果を、考えることができなくなるまでおかしくなってしまったのでしょう。

「この辺りだと思うのだが……」

お父様の声と蝋燭の灯りがどんどん近づいてきます。

草を踏み分ける音が大きくなっていくのと同じように、わたくしの警鐘も次第に大きく激しく鳴り響きます。

しかし、わたくしはこんな危機的状況の中、お父様の言動について考察できるほど冴えておりました。

危機的状況に陥《おちい》ると、人間は少しでも生き残るために、あらん限りの知恵を振り絞ろうとするそうですが――しかし、残念なことに、この状況を打破する策はひとつとて思いつきませんでした。

ここは郊外にぽつんと立った一軒家を囲む、鬱蒼とした林の中でございます。

この暗闇では方向も曖昧ですし、逃げ出したはいいものの、考えることなくただ駆けていただけなので、わたくしたちが林のどのあたりにいるのかも分かりません。

仮に林を出られたとしても、そこは何もない場所です。

なにしろ郊外でございますから、最寄りの交番も、病院も、実に遠い場所にあるのでございます。

とりあえず思いつく方法としては、林の中でできる限りお父様から逃げ回り、夜明けまで時間を稼ぐ、というどう考えても無謀な策くらいでしょうか。

漆本様もわたくしも、夜明けまで体力がもつとは思えません。

つまり、今のこの状況は果てしなく絶望的であると言えます。

そんな中、漆本様がわたくしの耳元で小さく囁かれました。

「お嬢さん、この状況を打破する方法が一つだけある」

漆本様の言葉に、解決策が見出せていなかったわたくしは一筋の光明を見ました。

草の音を立てないようしっかり身を縮めながら、その言葉に耳を傾けます。

「この方法を使えば、とりあえず君は助かる。心中しようなどという思考も父君の中から消すことができるかもしれない。ただし、君の協力がいる」

わたくしは、迷うことなくそれに頷きました。

「お願い、いたします……！」

わたくしはこの状況から早く助かりたい一心で答えました。

まるで奇跡のような、それだけに「本当にできるの？」と疑ってしまう言葉でしたが、本当にできるのなら協力しない理由などございません。

まして、他に方法もないのです。

漆本様は続けました。

「君の譚を借りたい。そのために、君には問わねばならない」

「譚……？」

わたくしが漆本様の顔を見上げますと、ほんの僅かに覗いた――月明かりにほのかに反射した、漆本様の若草色の瞳と目が合いました。

「実井寧々子。君は、どんな『結』を望む？」

「結……？」

漆本様はその若草色の瞳でわたくしを静かに見据えて、問いかけました。

「君はどうしたい？　父のもとを離れ、外の世界に踏み出すか。父のためにここに残るのか。君の答えを、示しておくれ」

＊

――わたくしは。

わたくしは、お外に出たかったのです。

けれど、お父様の言うように、わたくし自身が身に染みて分かっているように――この細長い体躯は物珍しくて、人の目を引いてしまいます。

それに、お父様が案じておられる通り、世間知らずなわたくしはきっと怖い人たちの格好の標的にされることでしょう。

狐に狙われた野兎のように、わたくしは無力でか弱い女ですから。

分かっていたのです。

お父様の心配が、不安が、わたくしには痛いほど分かっておりました。

こうまでお父様の守りが過剰になってしまったのは、きっとわたくしのせいでしょう。

わたくしが、あまりにもか弱かったから。

学校でいつも意地悪されて、優しいお母様もいなくて、寂しくてつらくて、いつもお父様の前でめそめそしていたから。

しかし、わたくしはあまりに自分勝手すぎました。

このまま、一生お父様に守られていたいと、思っておりました。

お母様を亡くされて、突然片親になってしまったお父様も不安だったはずなのに。

慣れない育児でただでさえ大変な思いをされて、しかしそれでも、わたくしにそれを悟らせまいと気丈に振る舞って。

……わたくしは、常日頃からお父様がどんな思いをしているのか考えていたくせに、その優しさにただ甘えるばかりでした。

甘えすぎたのです。

もし、過去のわたくしが勇気のひとつも振り絞っていれば、お父様はここまで追い詰められずに済んだことでしょう。

周りからの意地悪なんて、わたくしが撥ね除けてしまえば良かったのです。

だって、考えてみれば、人が嫌がることをしてはいけないという約束事を破って、人に意地悪している人のほうが、圧倒的に悪いに決まっているのですから。

めそめそしていないで、それに早く気づいていればよかったのです。

わたくしのほうこそ少しでも気丈に振る舞うべきだったのです。

全て、わたくしの弱さが招いてしまったことなのです。

わたくしはその弱さゆえに長年外の世界に怯えて隠れておりましたが、そもそも、さほど外の世界を知りもしないくせに、ただただ怯えていること自体がもはや弱すぎるのです。

弱すぎて、生きる意味さえありません。

だから、わたくしは願ったのです。

——お外に出たい。

ちゃんと、強くなるために。

お父様のために。

片親でわたくしをずっと守ってきてくれたお父様が、きちんと安心できるように。

わたくしはお父様を、わたくしから解放してさしあげなくてはいけないのです。

＊

「ここにいたのか、寧々子」

お父様の声が、すぐ近くまで来ていました。

すぐ近く——木の幹に隠れた私たちの、すぐ後ろにいました。

「おいで、寧々子。その男からすぐに離れるんだ。その男はお前をそそのかして、お前を攫《さら》おうとしているんだ」

「お、とう、さま……」

「もう怖いことはしないから。さあ」

ゆっくりと近づいてくるお父様からわたくしを庇うように、漆本様がじりじりと距離を取ります。

決してお父様のところへ行かないように、漆本様はわたくしを腕に抱えて庇っておりました。

「お嬢さん、選んで。君の譚は、君にしか創《つく》れないんだ」

わたくしは、実井寧々子は、何を望むか。

漆本様の声を聞いてから、時が止まったかのような静寂に包まれた不思議な感覚の中で、考えました。

お父様を見て、静かに考えました。

外に出なくては。

けれど、今のお父様を一人にはできない。

でも、いつまでもお父様と閉じこもっていては、わたくしがまた甘えてしまう。

そうしたら、お父様は……

駄目、駄目。それだけは。

――わたくしは、頭を巡っていたそれらを総括して、答えを出しました。

わたくしはこの時だけ、なぜかどもることなく、すらすらとその答えを口に出せたのです。

「お父様。一緒に、お外に出ましょう？　きっと、大丈夫だから。だから、お外に行きましょう？　わたくしは、わたくしは――お父様と、お外に出たいです」

お父様は、だんまりしておられました。

わたくしを見て、心底驚いたような顔をして、そのまま何もかもが停止したかのように、だんまりしておられました。

わたくしの声は、良かれ悪かれ、少なくともお父様の耳には届いたようでした。

良かれ悪かれ――わたくしの答えがお父様にとって、良い方に動いたのか、悪い方に動いたのか――それは分かりませんでした。

「……正蔵殿。お嬢さんは貴方を捨ててはいない。お嬢さんはまだ、貴方を愛しているぞ」

「…………………」

「心の病に囚われているのは貴方だ。お嬢さんはもう抜け出した、あとは貴方だけなんだ」

「…………………」

「正蔵殿。貴方の役目はもう終わった。だから、貴方自身も解放するんだ。そうでなければ貴方は」

「寧々子」

漆本様の言葉を遮るように。

断ち切るように。

お父様は、わたくしの名を呼びました。

「寧々子。寧々子。寧々子。寧々子。寧々子。寧々子寧々子寧々子寧々子寧々子寧々子寧々子寧々子寧々子寧々子寧々子寧々子寧々子寧々子寧々子寧々子寧々子寧々子寧々子」

おびただしい、連呼。

おびただしい回数と速度で、お父様がわたくしの名を呼びました。

呼び声ではなく、鳴き声のように。

慈愛ではなく、怒りでもなく、恐怖でもなく、憔悴でもなく。

ただただ執念を纏ったような、――いいえ、そんなものですらありません。

そんな生やさしい、生々しいものさえありません。

例えるならそれは――死体でございました。

ぽっかりと魂の抜けた、何かに動かされているだけの死体でございました。

「くっ、これでも駄目か――！」

漆本様がぎし、と歯を噛みしめておりました。

お父様はぶつぶつと、ただひたすらわたくしの名を呼びます。

もはやお父様ではなく、お父様の形をした、しつこい穢《けが》れでございました。

「しっかりなされよ、正蔵殿！　貴方の大事な娘さんを泣かせる気か？」

「寧々子、寧々子、寧々子、寧々子、……お」

死体のようになったお父様が、わたくしの名前以外の言葉を発しようとしておられました。

わたくしは（正気に戻って）と強く祈りました。

しかし、それは虚しい祈りでございました。

「寧々子を、返せぇぇぇ!!」

動く死体のようになったお父様は魂を取り戻したのか、それとも否か――どちらにしても、わたくしの望まぬ形のモノとなりました。

わたくしを奪い返そうと、漆本様に襲いかかりました。

持っていた蝋燭のことなど忘れたかのように取り落とし、その炎が落ち葉から瞬く間に木へと燃え移ったのを気に留めることなく、手を伸ばして襲いかかってきたのです。

なんの考えもなく。

ただ手を伸ばして突っ込んでくるだけ。

包丁で刺してやろうだとか、蝋燭の火で焼いてやろうだとか、首を絞めてやろうだとか、そんな攻撃手段など考えていない、ただのがむしゃらな猛攻でした。

「くそッ！」

漆本様はほぞを噛むような、無念千万とばかりの、そんな声を出しておりました。

しかし、それもほんの一瞬――わたくしがふと見上げた漆本様のお顔は、その瞳は――静かに冷たく、残酷で冷酷な刃を宿しておりました。

＊

その時、ゆっくりとお父様に向かって伸ばされた漆本様の手には、見覚えのない鍵が握られていました。

「――いくら父といえども、娘を縛っていい道理など存在しない。もはやこれまでだ」

お父様が今にも触れようとした時、その鍵は眩い光を放ちました。

「残念だよ、実井正蔵。貴方がた親子の譚を、こんな形で締めくくりたくなかった」

漆本様は、悲しいため息をつきました。

光り輝く鍵は、織物がほつれていくように崩れていきました。

いくつもの糸が、林を燃やしていた炎と同じ色を放ちながら崩れていきました。

わたくしは、緊迫したこの状況も忘れさせるほど美しいその輝きに、目を奪われておりました。

炎の色をした糸は、漆本様の手の上で再び形を成していき——一冊の本になりました。

同時に、体中に張り巡らされた全ての糸が切れたように——お父様が崩れ落ちました。

「お父様！」

わたくしは崩れ落ちたお父様のもとへ駆け寄りました。

「お父様？　お父様！」

お父様は目を開いておられました。

けれど、何も、見てはおりませんでした。

糸の切れたあやつり人形《マリオネット》という表現を思い出さずにはいられないような、微動だにしない人形のような有様でした。

「『空《くう》の鳥かご』」

漆本様が、手の中の本をそう呼びました。

「漆本、さま……お、お父様は……？」

無機物のように動かなくなったお父様を見て、漆本様は首を横に振りました。

「逃げるよ、お嬢さん」

漆本様は、少しずつ燃え広がる炎を見やってから、わたくしの手を引いて立ち上がらせようとしました。

「で、でも、お父様が――」

お父様は、立ち上がろうとはしませんでした。

自分のすぐ背後に炎があるにもかかわらず、その音が激しくなっていくにもかかわらず……何も届いておりませんでした。

漆本様は再度首を横に振りました。

「君一人だけでも、小生は手一杯だ」

それは、あまりにも非情な判断でした。

その判断を受け入れるなどできるはずもなく、わたくしはお父様に縋りつきました。

「駄目！　お父様を置いていったら駄目！」

わたくしは、頑として動かないつもりでした。

お父様を見捨てて逃げるくらいなら、いっそ共にお母様のところへ行ったほうがいいと、そんな我儘を意地でも通すつもりでした。

けれど。

「君まで死なせたくない！」

漆本様もまた、頑固でした。

お父様の背中にまで炎の手が伸びてきた、その一瞬前に。

漆本様はわたくしを無理やりお父様から引き剥がしました。

「いや、いや！　お父様ぁッ！」

わたくしはお父様のところへ戻ろうと藻掻きましたが、わたくしのひ弱な力では藻掻きにすらなりません。

漆本様はあっという間にわたくしの体を肩に担いで、走り出しました。

直後、幹から焼け落ちた枝が、お父様とわたくしを隔てるように落ちてきました。

あたかも、戻ろうと足掻くわたくしを拒むかのように。

まるで、もう戻ってくるなとでも言うように。

お父様の姿が遠ざかり、わたくしはたまらず泣き叫びました。


――遠目でしたので、もしかすると、わたくしが都合よく見た幻なのかもしれませんが。

最後に見えたお父様の顔は、なんだか笑っていた気がしました。

どんな笑顔だったかは分かりません。

安堵していたのか、自嘲していたのか、それともわたくしを見送っていたのか――その意味を、わたくしは推し量れませんでした。

閑話　譚殺《はなしごろ》し

『譚』とは、言うなれば歴史である。人生である。体験である。心である。

かつて、帝国司書隊初代総統・八田幽岳《はったゆうがく》が提唱した、譚本作家の禁忌とされている事柄の一つに、〝譚を勝手に終わらせること〟がある。

譚を当人の『結』なしで、他者が無理やりに終わらせて本に紡いだ場合、どうなるか。

彼に言わせれば、それは『譚殺し』だった。

『人殺し』ならぬ『譚殺し』。

他人の譚《いのち》を否応なく終わらせることは、紛れもない殺人なのだ。

＊

実井寧々子が譚本の治療によって快方に向かっていた裏で、すでに事態は暗転していた。

始まりは、漆本が彼女に栞を持たせた夜のことである。漆本のもとには早くも異変の報せが届いた。彼女が眠りについた午前零時過ぎ、漆本が栞の報せを確かめに行ったところ、そこには娘の部屋に鍵をかける正蔵の姿があった。彼女の許可を取っているふうでもなく、彼女が確かに眠っていることを確認してから、あくまで彼自身の独断で鍵をかけているようであった。

「おい、正蔵殿。それでは軟禁ではないか」

と、彼女の部屋から離れたところで漆本が正蔵を咎めるも、正蔵の返した答えは――

「娘のためだ、他人が口出しするな」

であった。

「朝になれば開けるからいいだろう」と、悪びれもせず言ってのけた。これを過保護なんて生ぬるい言葉で済ませられるほど、漆本は寛容ではなかった。正蔵の単なる独善、娘・寧々子に対する紛れもない虐待であると断定した。実井正蔵は、いつからかは分からないが――この時点では既に手遅れと言えるほど正気を失っていたのである。

毎晩こっそりと娘の部屋に鍵をかけるなんて行為に、娘を守るためという大義名分は通らない。それは、小鳥が勝手にどこかへ飛んでいかないよう鳥かごに閉じ込めるのと同じだ。実際、本当にそのつもりだったのだろう。

しかし、それでも。ここまで堕ちた正蔵をギリギリまで見捨てなかったのは、漆本にしては珍しい判断であった。それは寧々子がまだ、正蔵を親として信じていたからである。彼女の肉親に対する純粋な愛が通じれば、正蔵を元に戻すことができるのではないかと、漆本は彼女の紡ぐ譚に賭けた。

賭けた結果――実井正蔵は砕け、親どころか人ですらなくなった。元々は娘を危険から守らんとする親心だったろうに、悲しいかな、ただの醜い執心へと化けてしまった。

ゆえに漆本は、それを最後に彼を完全に見限り、親でも人でもなくなった彼を、わざわざ寧々子の目の前で無惨に殺した。

その直後に起きた、実井正蔵の命を奪った火災のことも付け加えておこう。

実は漆本が本気を出せば、つまり、禁書の力を用いていれば、正蔵の命を火災から救うことは十分可能だったのである。寧々子の出した『結』が奇跡的に良い方向に働き、正蔵が正気を取り戻せたなら、漆本は二人とも取りこぼすことなく助けるつもりであった。

残念ながら、寧々子の『結』は正蔵に対して悪い方向に作用した。だから漆本は、実井正蔵を助けるという選択肢をあえて捨てた。実井正蔵の譚を強制的に終焉へと導き、不可逆的に歪んだ正蔵の心を真っ二つに折り――つまりは、『譚殺し』を用いて正蔵を殺害し、寧々子が二度と父に近付けないよう『死別』という結末を与えた。

たとえ非道と誹《そし》られようとも、あの時の漆本が寧々子を守るために取れた手段は、この一つ限りだったのだ。

＊

指揮者・実井正蔵の焼身自殺。藤京郊外にあった彼の自宅とその周囲の林全てを燃やし尽くした、大規模な火災――もとい、漆本蜜の策謀によって引き起こされた実質的な殺人。

『実井正蔵が何者かによって譚殺しをされていた』という真実を知る者は、いまやこの世にただ二人。

正蔵と共に暮らしていたと噂されている彼の一人娘・実井寧々子は行方知れずのまま――五年の月日が経とうとしていた。

結

「いいかい、お嬢さん。君の出自は、誰にも知られてはいけないよ。もしそうなれば、君は世間から追い回されることになってしまうからね」

――その言葉と共に、音音という名前を与えられてから、五年の月日が経とうとしておりました。

あの時、漆本様――もとい、みや様が予想した通り、かつてわたくしが住んでいたお家が周りの林ごと燃えた事件は、全国的にも大きく報じられました。

無理もありません、長く世間から身を隠していた世界的な指揮者・実井正蔵の遺体が発見されたのですから。

さらに、どこかで誰かが口を滑らせたのでしょうか、『実井正蔵には一人娘がいた』とも報じられました。

現場から見つかったのは実井正蔵ただ一人でしたので、新聞記者たちは忽然《こつぜん》と姿を消した娘の行方を追いました。

お節介な人たちは「娘さんはどうしたのかしら？　ご無事でいらっしゃるのかしら？」などと口々に話しておりまして、わたくしはみや様のお家に行くまでの間に何度も肝を冷やしたものです。

——このように、ひょんなきっかけで出会ったわたくしとみや様ですが、わたくしたち二人はほんの三年前まで、偽装夫婦でございました。

みや様はお若い見た目をしておられましたので、わたくしを匿《かくま》うにあたってどうしても『ひとつ屋根の下に若い男女が共に住まう』という状況が生まれてしまいます。それゆえに『二十代の若い夫婦』とするのが都合が良かったのです。

そうしてわたくしは『みや様が仕事先で見つけてきた、良家出身の嫁』として、この棚葉町に越してきたのでございます。

この場合は幸いだったと言うべきでしょう、みや様はこの棚葉町でも変わり者として有名でしたから、近所の方々からは当たり障りのないお話しかされませんでした。

例えば「どこから越してきたの？」とか、その程度です。

「藤京の街から越してきました」と答えれば、それ以上は詮索されませんでしたので、野次馬すら寄せつけないみや様の変人ぶりに、わたくしは心の底から感謝しました。

お父様の事件にみや様が関与したことは、世間に知られることはありませんでした。

なにしろ郊外にぽつんと建った家でしたから、みや様が我が家に訪ねてきた様子も、しばらく住み込んでいた様子も、誰も目撃していないのです。

ですから、みや様がお父様を助けず、譚殺しを行《おこな》ってそのまま火の海に取り残した——という事実は、わたくししか知りません。

ですが、みや様はこのまま事実を隠蔽《いんぺい》することをよしとせず、わたくしを信用のおける知人に託したのち、警察に事情を話して自首するおつもりのようでした。

わたくしは、それに駄々をこねたのです。

みや様はわたくしにとって命の恩人でしたので、そんなお方が世間様から非難の的《まと》にされるのはどうしても耐えられなかったのでございます。

それに、過去のいきさつのせいで、当時のわたくしはみや様以外のお人を信用することができず、託された先で暮らすことがどうしても不安だったのです。

ですので、みや様は一計を案じ、わたくしを一時的に娶《めと》られました。

『こんなおじさんと夫婦を演じるのは嫌かもしれないけれど、君が本当に好きな人と出会う時までは、小生が君を守ると約束しよう』

『君が小生の犯した罪を隠蔽するというのなら、たった一人の親を君から取り上げた小生に、せめてもの償いをさせてくれ』

みや様は、そんなふうに仰っていました。

その後、わたくしとみや様は夫婦を演じることになったわけですが、それを苦痛に思ったことはありませんでした。

みや様はわたくしにあれこれ気を遣ってくださいましたし、退屈しないよう色んなことを教えてくださったり、あちこち連れ回してくださったりしました。

わたくしを本物の娘のように大事にしてくださいました。

みや様と色んなことを経験したおかげなのか、極度の人見知りも多少はまともになりましたし、どもりがちな口調もいつの間にかほとんど治っておりました。

まあ、その頃には、わたくしはおっこちていたのでございます。

みや様は確かに変な人でしたが、とても物知りで、面白い冗談も言う陽気な人でした。

それに、みや様の温もりはかつてのお父様からよく感じていたものと似ていて――それでいてお腹の底にとくとくと響いて揺られるような、優しいのに落ち着かないものも感じました。

わたくしは特に、今まで感じたことのないその感覚を、恋と解釈しました。

それを自覚してからみや様をおっことすのには……それなりに苦労しました。

今思えばみや様も大変困惑されたことでしょうけれど、最終的にみや様は折れるような形で、婚姻を受け入れてくださいました。

身分を隠しているため戸籍をいじるわけにはいきませんでしたので、いわゆる事実婚という形ではありましたが、それでも恋が叶ったわたくしは幸せでございました。


余談ですが、わたくしは婚姻する直前になって、(今さらなのですが)「子供が産めない体でも本当によろしいのですか?」とみや様に問いました。

その際、みや様は、

「それでいい。むしろそれがいい。小生は子供嫌いではないが、還暦も見えてきたこの歳で子供を育てるなんて重責には耐えられそうにない。こんな矮小な身では、惚れた娘を守りながら歳を重ねるくらいが精一杯なのさ」

と、返されました。

*

締めくくりに述べておきましょう。

わたくしが、みや様をどう思っているのか。

恨んでいないのかについて。


わたくしは一度たりとて彼を恨んだことはありません。

わたくしがもう少し子供であれば恨んでいたかもしれませんが、みや様がお父様を殺《あや》めたことについて陳謝してきた時点で、わたくしは事を理解しておりました。

――お父様は、手遅れだったのです。

みや様にも、わたくしにも、お父様の譚を読み解くことはできませんでした。

お父様がどうしてああまでわたくしに執着してしまったのか、どうしてわたくしの声さえ聞き入れないほどおかしくなってしまったのか――思い当たる節はないでもありませんが、解することはできなかったのです。

事の有様もはっきりと分からないものをどうにかしようなど、土台無理な話です。

ですから、わたくしの声も届かず、ますますおかしくなってしまったお父様は、どのみち人として生きることはできなかったでしょう。

そんなお父様と共に死のうとしたわたくしを、闇に引きずり込まれようとしたわたくしを、みや様は作家としての禁を犯してまで守ろうとしたのです。

ですから、わたくしは感謝こそすれ、彼を恨んだことなどございません。

誰に何を言われようとも、わたくしにとってのみや様は、空の下に連れ出してくれた温かい人なのですから。

それだけは誤解なきよう、よろしくお願い申し上げます。

*

さて、これ以上はよもやま話も過ぎますので、ここまでにいたしましょう。

実井寧々子、そして、七本音音のお譚でした。

帝都を騒がす
事件の裏に怪異あり――

謎多き美貌の探偵
心の闇を暴き魔を祓う!

薄幸探偵+異能少年
陰陽コンビの
大正怪異ミステリー

――大正十年。職業婦人になるべく上京した椎葉《しいば》桜子《さくらこ》は、大家に紹介された奇妙な探偵事務所で、お手伝いとして働き始める。そこにいたのは、およそ探偵には見えない美貌の男、犬神零と、不遜にして不思議な雰囲気の少年、ハルアキ。彼らが専門に扱うのは、人が起こした事件ではなく、呪いが引き起こす『怪《け》異《い》』と呼ばれる事象だった。ある日、桜子は零の調査に同行する事になり――

◉定価:726円(10%税込)　◉ISBN:978-4-434-31351-6　◉Illustration:千景

芥生夢子
azami yumeko
大正銀座ウソつき推理録
文豪探偵・兎田谷朔《うさいだやはじめ》と架空の事件簿
大正銀座を騒がせる
自称文豪は——
謎を解かない名探偵!?
第4回
ホラー・ミステリー
小説大賞
大賞
受賞作
大正十四年、銀座。とあるカフェーで女給の千歳は窃盗事件に巻き込まれる。そこに現れたのは、事件解決のために呼ばれた探偵である兎田《うさいだ》谷朔《やはじめ》という男。彼の華麗な推理で、事態は収束。大団円かと思いきや——
「解決さえすりゃ真実なんかいらないのさ」
なんとその推理内容は、兎田谷自身が組み立てたでっち上げの真実だった！ 口八丁でどんな事件も丸く収める、異色の探偵兼小説家が『嘘』を武器に不可思議な依頼に挑む。
◎定価：726円（10%税込）
◎ISBN 978-4-434-30555-9
◎illustration：新井テル子

この作品に対する皆様のご意見・ご感想をお待ちしております。

おハガキ・お手紙は以下の宛先にお送りください。

【宛先】

〒150-6008 東京都渋谷区恵比寿4-20-3 恵比寿ｶﾞｰﾃﾞﾝﾌﾟﾚｲｽﾀﾜｰ 8F
（株）アルファポリス　書籍感想係

メールフォームでのご意見・ご感想は右のQRコードから、
あるいは以下のワードで検索をかけてください。

アルファポリス　書籍の感想　検索

ご感想はこちらから

アルファポリス文庫

貸本《かしほん》屋《や》七本《ななもと》三《み》八《や》の譚《はなし》めぐり

茶柱まちこ（ちゃばしらまちこ）

2023年 5月25日初版発行

編集－加藤純・宮坂剛
編集長－太田鉄平
発行者－梶本雄介
発行所－株式会社アルファポリス
〒150-6008 東京都渋谷区恵比寿4-20-3恵比寿ｶﾞｰﾃﾞﾝﾌﾟﾚｲｽﾀﾜｰ8F
TEL 03-6277-1601（営業） 03-6277-1602（編集）
URL https://www.alphapolis.co.jp/
発売元－株式会社星雲社（共同出版社・流通責任出版社）
〒112-0005 東京都文京区水道1-3-30
TEL 03-3868-3275
装丁イラスト－斎賀時人
装丁デザイン－AFTERGLOW
印刷－中央精版印刷株式会社

価格はカバーに表示されてあります。

落丁乱丁の場合はアルファポリスまでご連絡ください。

送料は小社負担でお取り替えします。


ISBN978-4-434-32027-9 C0193